T0059395

Pelea de gallos

VOCES / LITERATURA

COLECCIÓN VOCES / LITERATURA 255

Nuestro fondo editorial en www.paginasdeespuma.com

No se permite la reproducción total o parcial de este libro, ni su incorporación a un sistema informático, ni su transmisión en cualquier forma o cualquier medio, sea este electrónico, mecánico, por fotocopia, por grabación u otros métodos, sin el permiso previo y por escrito de los titulares del *copyright*.

María Fernanda Ampuero, *Pelea de gallos*
Primera edición: marzo de 2018
Décima edición: noviembre de 2023

ISBN: 978-84-8393-234-6
Depósito legal: M-878-2018
IBIC: FYB

© María Fernanda Ampuero, 2018
© De esta portada, maqueta y edición: Editorial Páginas de Espuma, S. L., 2018

Editorial Páginas de Espuma
Madera 3, 1.º izquierda
28004 Madrid

Teléfono: 91 522 72 51
Correo electrónico: info@paginasdeespuma.com

Impresión: Cofás

Impreso en España - Printed in Spain

María Fernanda Ampuero

Pelea de gallos

ÍNDICE

Todo lo que se pudre forma una familia
Fabián Casas

¿Soy un monstruo o esto es ser una persona?
Clarice Lispector

Subasta

En algún lado hay gallos.

Aquí, de rodillas, con la cabeza gacha y cubierta con un trapo inmundo, me concentro en escuchar a los gallos, cuántos son, si están en jaula o en corral. Papá era gallero y, como no tenía con quién dejarme, me llevaba a las peleas. Las primeras veces lloraba al ver al gallito desbaratado sobre la arena y él se reía y me decía *mujercita*.

Por la noche, gallos gigantes, vampiros, devoraban mis tripas, gritaba y él venía a mi cama y me volvía a decir *mujercita*.

–Ya, no seas tan mujercita. Son gallos, carajo.

Después ya no lloraba al ver las tripas calientes del gallo perdedor mezclándose con el polvo. Yo era quien recogía esa bola de plumas y vísceras y la llevaba al contenedor de la basura. Yo les decía: adiós gallito, sé feliz en el cielo donde hay miles de gusanos y campo y maíz y familias que aman a los gallitos. De camino, siempre algún señor gallero me daba un caramelo o una moneda por tocarme o besarme o tocarlo y besarlo. Tenía miedo de que, si se lo decía a papá, volviera a llamarme *mujercita*.

–Ya, no seas tan mujercita. Son galleros, carajo.

Una noche, a un gallo le explotó la barriga mientras lo llevaba en mis brazos como a una muñeca y descubrí que a esos señores tan machos que gritaban y azuzaban para que un gallo abriera en canal a otro, les daba asco la caca y la sangre y las vísceras del gallo muerto. Así que me llenaba las manos, las rodillas y la cara con esa mezcla y ya no me jodían con besos ni pendejadas.

Le decían a mi papá:

–Tu hija es una monstrua.

Y él respondía que más monstruos eran ellos y después les chocaba los vasitos de licor.

–Más monstruo vos. Salud.

El olor dentro de una gallera es asqueroso. A veces me quedaba dormida en una esquina, debajo de las graderías, y despertaba con algún hombre de esos mirándome la ropa interior por debajo del uniforme del colegio. Por eso antes de quedarme dormida me metía la cabeza de un gallo en medio de las piernas. Una o muchas. Un cinturón de cabezas de gallitos. Levantar una falda y encontrarse cabecitas arrancadas tampoco gustaba a los machos.

A veces, papá me despertaba para que tirara a la basura otro gallo despanzurrado. A veces, iba él mismo y los amigos le decían que para qué mierda tenía a la muchacha, que si era un maricón. Él se iba con el gallo descuajaringado chorreando sangre. Desde la puerta les tiraba un beso. Los amigos se reían.

Sé que aquí, en algún lado, hay gallos, porque reconocería ese olor a miles de kilómetros. El olor de mi vida, el olor de mi padre. Huele a sangre, a hombre, a caca, a licor barato, a sudor agrio y a grasa industrial. No hay que ser muy inteligente para saber que este es un sitio clandestino, un lugar refundido quién sabe dónde, y que estoy muy pero que muy jodida.

Habla un hombre. Tendrá unos cuarenta. Lo imagino gordo, calvo y sucio, con camiseta blanca sin mangas, *short* y chancletas plásticas, le imagino las uñas del meñique y del pulgar largas. Habla en plural. Aquí hay alguien más que yo. Aquí hay más gente de rodillas, con la cabeza gacha, cubierta por esta asquerosa tela oscura.

–A ver, nos vamos tranquilizando, que al primer *hijueputa* que haga un solo ruido le meto un tiro en la cabeza. Si todos colaboramos, todos salimos de esta noche enteros.

Siento su panza contra mi cabeza y luego el cañón de la pistola. No, no bromea.

Una chica llora unos metros a mi derecha. Supongo que no ha soportado sentir la pistola en la sien. Se escucha una bofetada.

–A ver, reina. Aquí no me llora nadie, ¿me oyó? ¿O ya está apurada por irse a saludar a diosito?

Luego, el gordo de la pistola se aleja un poco. Ha ido a hablar por teléfono. Dice un número: *seis, seis malparidos*. Dice también *muy buena selección, buenísima, la mejor en meses*. Recomienda no perdérsela. Hace una llamada tras otra. Se olvida, por un rato, de nosotros.

A mi lado escucho una tos ahogada por la tela, una tos de hombre.

–He oído de esto –dice él, muy bajito–. Pensé que era mentira, leyenda. Se llaman subastas. Los taxistas eligen pasajeros que creen que pueden servir para que den buena plata por ellos y para eso los secuestran. Luego los compradores vienen y pujan por sus preferidos o preferidas. Se los llevan. Se quedan con sus cosas, los obligan a robar, a abrirles sus casas, a darles sus números de tarjeta de crédito. Y a las mujeres. A las mujeres.

–¿Qué? –le digo.

Escucha que soy mujer. Se queda callado.

Lo primero que pensé cuando me subí al taxi esa noche fue *por fin*. Apoyé mi cabeza en el asiento y cerré los ojos. Había bebido unas cuantas copas y estaba tristísima. En el bar estaba el hombre por el que tenía que fingir amistad. A él y a su mujer. Siempre finjo, soy buena fingiendo. Pero cuando me subí al taxi exhalé y me dije *qué alivio: voy a casa, a llorar a gritos*. Creo que me quedé dormida un momento y, de repente, al abrir los ojos, estaba en una ciudad desconocida. Un polígono. Vacío. Oscuridad. La alerta que hace hervir el cerebro: se te acaba de joder la vida.

El taxista sacó una pistola, me miró a los ojos, dijo con una amabilidad ridícula:

–Llegamos a su destino, señorita.

Lo que siguió fue rápido. Alguien abrió la puerta antes de que yo pudiera poner el seguro, me echó el trapo sobre la cabeza, me ató las manos y me metió en esa especie de garaje con olor a gallera podrida y me obligó a arrodillarme en una esquina.

Se escuchan conversaciones. El gordo y alguien más y luego otro y otro. Llega gente. Se escuchan risas y destapar cervezas. Empieza a oler a maría y alguna otra de esas mierdas con olor picante. El hombre que está a mi lado hace rato que ya no me dice que esté tranquila. Se lo debe estar diciendo a sí mismo.

Mencionó antes que tenía un bebé de ocho meses y un niño de tres. Estará pensando en ellos. Y en estos tipos drogados entrando en la urbanización privada en la que vive. Sí, está pensando en eso. En él saludando al guardia de seguridad como todas las noches desde que su carro está en el taller, mientras esas bestias van atrás, agachados. Él los va a meter en su casa donde está su hermosa mujer, su bebé de ocho meses y su niño de tres años. Él los va a meter a su casa.

Y no hay nada que pueda hacer al respecto.

Más allá, a la derecha, se escuchan murmullos, una chica que llora, no sé si la misma que ha llorado antes. El gordo dispara y todos nos tiramos al suelo como podemos. No nos ha disparado, ha disparado. Da igual, el terror nos ha cortado en dos mitades. Se escucha la risa del gordo y sus compañeros. Se acercan, nos mueven al centro de la sala.

–Bueno, señores, señoras, queda abierta la subasta de esta noche. Bien bonitos, bien portaditos, se me van a poner aquí. Más acá, mi reina. Eeeso. Sin miedo, mami, que no muerdo. Así me gusta. Para que estos caballeros elijan a cuál de ustedes se van a llevar. Las reglas, caballeros, las de siempre: más plata se lleva la mejor prenda. Las armas me las dejan por aquí mientras dure la subasta, yo se las guardo. Gracias. Encantado, como siempre, de recibirlos.

El gordo nos va presentando como si dirigiera un programa de televisión. No podemos verlos, pero sabemos que hay ladrones mirándonos, eligiéndonos. Y violadores. Seguro que hay violadores. Y asesinos. Tal vez hay asesinos. O algo peor.

–Daaaaaaamas y caballeeeeeeros.

Al gordo no le gustan los que lloriquean ni los que dicen que tienen niños ni los que gritan a la desesperada *no sabes con quién te estás metiendo*. No. Menos le gustan los que amenazan con que se va a pudrir en la cárcel. Todos esos, mujeres y hombres, ya han recibido puñetazos en la barriga. He escuchado gente caer al suelo sin aire. Yo me concentro en los gallos. Tal vez no hay ninguno. Pero yo los escucho. Dentro de mí. Gallos y hombres. *Ya, no seas tan mujercita, son galleros, carajo.*

–Este señor, ¿cómo se llama nuestro primer participante? ¿Cómo? Hable fuerte, amigo. Ricardoooooo, bienvenidooooo, lleva un reloj de marca y unos zapatos Adidas de los bueeeenos. Ricardooooo ha de tener plaaaaaaaataaaaaaa. A ver la cartera de Ricardo. Tarjetas de crédito, ohhhhhh, Visa Goooooold de Messi.

El gordo hace chistes malos.

Empiezan a pujar por Ricardo. Uno ofrece trescientos, otro ochocientos. El gordo añade que Ricardo vive en una urbanización privada en las afueras de la ciudad: Vistas del Río.

–Allá donde no podemos ni asomarnos los pobres. Allá vive el amigo Riqui. Sí le puedo decir Riqui, ¿no? Como Riqui Ricón.

Una voz aterradora dice cinco mil. La voz aterradora se lleva a Ricardo. Los otros aplauden.

–¡Adjudicado al caballero de bigote por cinco mil!

A Nancy, una chica que habla con un hilito de voz, el gordo la toca. Lo sé porque dice *miren qué tetas, qué ricas, qué paraditas, qué pezoncitos* y se sorbe la baba y esas cosas no se dicen sin tocar y, además, qué le impide tocar, quién. Nancy suena joven. Veintipocos. Podría ser enfermera o educadora. A Nancy el gordo la desnuda. Escuchamos que abre su cinturón y que abre los botones y que le arranca la ropa interior, aunque ella dice *por favor* tantas veces y con tanto miedo que todos mojamos nuestros trapos inmundos con lágrimas. Miren este culito. Ay, qué cosita. El gordo sorbe a Nancy, el ano de Nancy. Se escuchan lengüeteos.

Los hombres azuzan, rugen, aplauden. Luego el embestir de carne contra carne. Y los aullidos. Los aullidos.

–Caballeros, esto no es por vicio. Es control de calidad. Le doy un diez. Ahí la limpian bien bonito y una delicia nuestra amiguita Nancy.

Debe ser hermosa porque ofrecen, de inmediato, dos mil, tres, tres quinientos. Venden a Nancy en tres quinientos. El sexo es más barato que la plata.

–Y el afortunado que se lleva este culito rico es el caballero del anillo de oro y el crucifijo.

Nos van vendiendo uno a uno. Al chico que estaba a mi lado, el del bebé de ocho meses y el niño de tres, el gordo ha logrado sacarle toda la información posible y ahora es un pez gordísimo para la subasta: plata en diferentes cuentas, alto ejecutivo, hijo de un empresario, obras de arte, hijos, mujer. El tipo es la lotería. Seguramente lo secuestrarán y pedirán un rescate. La puja empieza en cinco mil. Sube hasta diez, quince mil. Se para en veinte. Alguien con quien nadie se quiere meter ha ofrecido los veinte. Una voz nueva. Ha venido solo para esto. No estaba para perder tiempo en pendejadas.

El gordo no hace ningún comentario.

Cuando me toca a mí, pienso en los gallos. Cierro los ojos y abro mis esfínteres. Es lo más importante que haré en mi vida, así que lo haré bien. Me baño las piernas, los pies, el suelo. Estoy en el centro de una sala, rodeada por delincuentes, exhibida ante ellos como una res y como una res vacío mi vientre. Como puedo, froto una pierna contra la otra, adopto la posición de un muñeca destripada. Grito como una loca. Agito la cabeza, mascullo obscenidades, palabras inventadas, las cosas que les decía a los gallos del cielo con maíz y gusanos infinitos. Sé que el gordo está a punto de dispararme.

En cambio, me revienta la boca de un manazo, me parto la lengua de un mordisco. La sangre empieza a caer por mi pecho, a bajar por mi estómago, a mezclarse con la mierda y la orina. Empiezo a reír, enajenada, a reír, a reír, a reír.

El gordo no sabe qué hacer.

–¿Cuánto dan por este monstruo?

Nadie quiere dar nada.

El gordo ofrece mi reloj, mi teléfono, mi cartera. Todo es barato, chino. Me coge las tetas para ver si la cosa se anima y chillo.

–¿Quince, veinte?

Pero nada, nadie.

Me tiran a un patio. Me bañan con una manguera de lavar carros y luego me suben a un carro que me deja mojada, descalza, aturdida, en la Vía Perimetral.

Monstruos

Narcisa siempre decía hay que tenerle más miedo a los vivos que a los muertos, pero nosotras no le creíamos porque en todas las películas de terror los que daban miedo eran los muertos, los regresados, los poseídos. A Mercedes la aterrorizaban los demonios y a mí los vampiros. Hablábamos de eso todo el tiempo. De posesiones satánicas y de hombres con colmillos que se alimentan de la sangre de las niñas. Papá y mamá nos compraban muñecas y cuentos de hadas y nosotras recreábamos *El exorcista* con las muñecas e imaginábamos que el príncipe azul era en realidad un vampiro que despertaba a Blancanieves para convertirla en no-muerta. Por el día todo bien, éramos valientes, pero por la noche le pedíamos a Narcisa que subiera a acompañarnos. A papá no le gustaba que Narcisa –la llamaba *el servicio*– durmiera en nuestro cuarto, pero era inevitable: le decíamos que si no venía bajaríamos nosotras a dormir a la habitación de *el servicio*. Eso, por ejemplo, le daba miedo a ella. Más que el demonio y los vampiros. Y entonces Narcisa, que tendría unos catorce años, fingiendo que protestaba, que no quería dormir con nosotras, decía eso de que hay que tenerle más miedo a los vivos que a los muertos. Y nos parecía una estupidez porque cómo le puedes tener más miedo, por ejemplo, a Narcisa que a Reagan, la niña de *El exorcista* o a Don Pepe, el jardinero, que al vampiro de Salem o a Demian, el hijo del diablo, o a mi papá que al Hombre Lobo. Absurdo.

Papá y mamá nunca estaban en casa, papá trabajaba y mamá jugaba naipes, por eso era posible que Mercedes y yo fuéramos todas las tardes, después del colegio, a alquilar las películas de terror del videoclub. El chico no nos decía nada. Claro que nos fijábamos que en la caja decía para mayores de dieciséis o dieciocho, pero el chico no nos decía nada. Tenía la cara llena de granos y era gordísimo, tenía un ventilador siempre apuntando a su entrepierna. La única vez que nos habló fue cuando alquilamos *El resplandor*. Miró la caja, nos miró a nosotras y dijo:

–Aquí salen unas igualitas a ustedes. Las dos están muertas, las mató el papá.

Mercedes me agarró la mano. Y así nos quedamos, de la mano, con el uniforme idéntico, mirándolo, hasta que nos dio la película.

Mercedes era miedosísima. Blanquita, debilucha. Mamá decía que yo me le comí todo lo que venía en el cordón umbilical porque nació mínima: una gusanita y que yo, en cambio, nací como un toro. Usaban esa palabra: toro. Y el toro tenía que encargarse de la gusana, ¿qué se le iba a hacer? A veces me apetecía ser la gusana, pero eso era imposible. Fui el toro y Mercedes la gusana. Seguro que a Mercedes le hubiera gustado ser el toro alguna vez y no ir siempre detrás de mí, a mi sombra, esperar que yo hable y simplemente asentir.

–Yo también.

Nunca yo. Siempre yo también.

Mercedes nunca quiso ver películas de terror, pero yo me emperré porque una del colegio dijo que yo no era capaz de ver todas las películas que ella había visto con su hermano grande porque yo no tenía hermano grande, sino a Mercedes, famosa por gallina, y no lo soporté y esa tarde arrastré a Mercedes al videoclub y alquilamos todas las de *Pesadilla en la calle Elm* y esa noche y las siguientes tuvimos que decirle a Narcisa que subiera a dormir con nosotras porque Freddy se te mete en los sueños y te mata en los sueños y nadie se entera porque parece que tuviste un infarto o te ahogaste con tu baba, algo normal y entonces nunca nadie se entera de que te mató un monstruo con los dedos de cuchillos afiladitos.

Tener ciertos hermanos es una bendición. Tener ciertos hermanos es una condena: eso aprendimos en las películas. Y que siempre hay un hermano que salva al otro.

Mercedes empezó a tener pesadillas. Narcisa y yo hacíamos todo lo posible por callarla, porque papá y mamá no se enteraran. Me castigarían: las películas de terror, todo es culpa del toro. Pobre gusanita, pobre Merceditas, qué cruz ser hermana de semejante bestia, de una chica tan poco chica, tan indomable. ¿Por qué no eres más como Merceditas, tan dulce, tan calladita, tan dócil?

Las pesadillas de Mercedes eran peores que cualquiera de las películas que veíamos. Tenían que ver con el colegio, con las monjas, las monjas poseídas por el diablo, bailando desnudas, tocándose ahí abajo, apareciéndose en el espejo mientras te estabas lavando los dientes o cuando te duchabas. Las monjas como Freddy, metidas en tus sueños. Y nosotras no habíamos alquilado una película de eso.

–¿Y qué más, Mercedes? –le preguntaba yo, pero ella ya no decía, solo chillaba.

Los gritos de Mercedes perforaban la piel. Parecían aullidos, rasguños, mordiscos, cosas animales. Cuando abría los ojos todavía seguía allí, donde sea que fuera allí y Narcisa y yo la abrazábamos para que volviera, pero a veces tardaba muchísimo en volver y yo pensaba en que, otra vez, como cuando estábamos en el vientre de mamá, le estaba robando algo. Mercedes empezó a ponerse flaquita. Éramos iguales, pero cada vez menos, porque yo cada vez era más toro y ella cada vez más gusanita: ojerosa, jorobada, huesuda.

Yo nunca le tuve demasiado cariño a las Hermanas del colegio ni ellas a mí. Quiero decir, nos detestábamos. Ellas tenían un radar para las *almas díscolas*, esa frase utilizaban, y yo era de eso, pero no me importaba, díscola sonaba a disco y a cola, las dos cosas me encantaban. Yo odiaba su hipocresía. Eran malas e iban de buenas. A mí me mandaban a borrar todos los pizarrones del colegio, a limpiar la capilla, a ayudar a la Madre Superiora a hacer su beneficencia, que no era más que repartir lo que daban otros, nuestros padres, a los pobres, o sea, intermediar para quedarse con un buen pellizco, comer pescado del bueno y dormir en edredón de plumas. Lo mío era castigo tras castigo porque yo preguntaba que por qué a los pobres les daban arroz mientras ellas comían corvina y decía que eso a nuestro señor no le hubiera gustado porque él hizo los peces para todos. Mercedes me apretaba el brazo y se ponía a llorar. Mercedes se hincaba y rezaba por mí con los ojos cerradísimos. Parecía un angelito. Mientras ella rezaba el Ave María a mí me daban ganas de hacer que todo se parara por completo porque me parecía que el rezo de mi hermana era el único que valía la pena de todo el *hijueputa* mundo. Las monjas decían a mis padres que mi hermana era perfecta para formar parte de la congregación y yo me la imaginaba encerrada en esa vida, como una cárcel de ropa horrible y grillete de crucifijo grandote: no lo podía soportar.

Esas vacaciones nos vino la regla. Primero a Mercedes, luego a mí. Narcisa fue quien nos explicó lo que había que hacer con la compresa porque mamá no estaba y se rio cuando empezamos a caminar como patos. También nos dijo que esa sangre significaba, ni más ni menos, que, con la ayuda de un hombre, ya podíamos hacer bebés. Eso era absurdo. Ayer no podíamos hacer una cosa tan demencial como crear a un niño y hoy sí. Es mentira, le dijimos. Y nos agarró a las dos del brazo. Las manos de Narcisa eran muy fuertes, grandes, masculinas. Las uñas, largas y en punta, eran capaces de abrir botellas de refresco sin necesidad de destapador. Narcisa era pequeña de tamaño y de edad, apenas dos años mayor a nosotras, pero parecía haber vivido unas cuatrocientas vidas más. Nos estaba haciendo daño cuando dijo que ahora sí que teníamos que cuidarnos más de los vivos que de los muertos, que ahora sí que teníamos que tenerles más miedo a los vivos que a los muertos.

–Ahora son mujeres –dijo–. La vida ya no es un juego.

Mercedes se puso a llorar. No quería ser mujer. Yo tampoco, pero prefería ser mujer que toro.

Una noche, Mercedes tuvo una de sus pesadillas. Ya no eran monjas, sino hombres, hombres sin cara que jugaban con su sangre menstrual y se la frotaban por el cuerpo y entonces aparecían por todos lados bebés monstruosos, pequeñitos como ratas, a comérsela a bocaditos. No había manera de tranquilizarla. Fuimos a buscar a Narcisa, pero la puerta del garaje estaba cerrada por dentro. Escuchamos ruidos. Luego silencio. Luego otra vez ruidos. Nos quedamos sentadas en la cocina, a oscuras, esperándola. Cuando por fin se abrió la puerta nos abalanzamos sobre ella, necesitábamos tanto su abrazo, sus manos siempre con olor a cebolla y a cilantro, su frase sanadora de que había que tenerle más miedo a los vivos que a los muertos. A unos centímetros de su cuerpo nos dimos cuenta de que no era ella. Paramos aterrorizadas, mudas, inmóviles. Lo que había entrado por la puerta de nuestro garaje no era Narcisa. El corazón nos saltaba como una bomba. Había algo ajeno y propio en esa silueta que hizo que nos invadiera una sensación física de asco y horror.

Tardé en reaccionar, no pude taparle la boca a Mercedes. Gritó.

Papá nos dio una bofetada a cada una y subió las escaleras con calma.

Ni Narcisa ni sus cosas amanecieron en casa.

Griselda

La señora Griselda hacía unas tortas fantásticas.

Tenía unas carpetas con fotos de las tortas más preciosas del universo. Ese y no el vestido nuevo. Ese y no los regalos envueltos en colores. Ese y no la comida favorita, era el momento feliz del cumpleaños: elegirla y pensar en la cara que pondrían los picados de los compañeros al ver lo internacionalmente bacán que era nuestra torta.

Es que las tortas de la señora Griselda no eran redondas como las de todo el mundo. Tenían formas. De Mickey Mouse, de casa de muñecas, de carro de bomberos, de Winnie the Pooh, de Las Tortugas Ninja.

Las tortas de la señora Griselda tampoco eran blancas con chicles de colores como las que hacía mi mami o de caramelo o de chocolate como las que se ven en todo cumpleaños. No. Si era un taxi, la torta era amarillo taxi, si era una patrulla de policía tenía hasta las lucecitas rojas de la sirena, si era una pelota de fútbol, blanca con negro y si era la Cenicienta, de todos los colores de la Cenicienta incluido el pelo rubio, los zapatitos mágicos y los ratoncitos cafés.

La señora Griselda hacía unas tortas inolvidables. A mi ñaño le hizo la de la Primera Comunión en forma de Biblia abierta y en las páginas de azúcar escribió con letritas doradas: «nada más perfecto que el Amor, el Amor lo perdona todo, todo lo cree, todo lo espera y todo lo soporta». La gente no paraba de preguntarle a mi mami de dónde había sacado esa torta tan espectacular y le tomaba fotos en lugar de a mi ñaño. O sea, a mi ñaño sí, pero con la torta. Mi mami se lo contó a la señora Griselda. Ella se puso roja, parecía feliz.

Cuando se acercaba la fecha, los cumpleañeros del barrio, con una emoción gigantesca en el estómago, íbamos a donde la señora Griselda después de haber presionado a nuestras madres todos los días. Por fin llegaba el momento en el que nos daba los álbumes y muy ceremoniosamente nos decía: «elige la que quieras. Tómate tu tiempo». Le brillaban los ojos mientras esperaba que señaláramos con el dedo.

–Esta.

Empezábamos a pasar las páginas. La elección, ese momento terrible. Y los hermanos siempre metiéndose, interrumpiendo: «mami, yo quiero esta para mi próximo cumpleaños», «mami, que me haga una torta a mí también». Había debates. Un año, como no nos pusimos de acuerdo, hubo una de R2D2 y otra de la Strawberry en mi fiesta.

Mi mami, mientras decidíamos, le preguntaba a la señora Griselda por su salud, por Griseldita, por las plantas. Pero por el marido no. El marido, decían, se había ido con otra señora. O que un día se fue a trabajar y nunca volvió. O que estaba preso. O que le pegaba unas palizas que la dejaban en cama durante días y que ella lo amenazó con la policía. O que la había botado a ella y a su hija de la casa y que habían tenido que venirse aquí. Esta casa yo la conocía muy bien porque aquí vivía mi amiga Wendy Martillo hasta que se fue porque los papás se iban a divorciar.

Aunque era la misma, qué distinta se veía la casa de la señora Griselda de la de mi amiga Wendy Martillo. A lo mejor eran los muebles muy grandes y muy oscuros para una sala tan pequeñita, a lo mejor esas cortinotas que siempre estaban cerradas. La casa de la señora Griselda olía a guardado, a viejo, a polvo. Pero nada de eso importaba porque era cuestión de abrir la carpeta y todo se llenaba de colores, de personajes de Disney, de canchas de fútbol con césped de azúcar verde, arcos de caramelo y jugadores de galleta; de cofre del tesoro relleno de monedas de chocolate; de corazones, de osos, de botitas de bebé, de Barbies, del Hombre Araña y de todo cuanto pudiéramos soñar ver en torta.

La señora Griselda no vivía de eso. En realidad cobraba poco porque en el barrio todo el mundo estaba mal de plata. La hija, Griseldita, era la que las mantenía. Parece que tenía con qué. Había cambiado de carro dos veces y siempre estrenaba ropa nueva. A la señora Martha, la de enfrente, que traía mercadería de Panamá, le compraba maletas enteras y fue esa misma señora la que corrió el rumor de que Griseldita andaba en malos pasos. Así decía «malos pasos». Griseldita era rubia, muy blanca y andaba siempre con unos tacos que la hacían ver altísima. Muchas veces llegaba haciendo un escándalo de frenos, llaves y taconeos a las cuatro de la madrugada. Lo que no hacía ninguna mujer del barrio lo hacía Griseldita.

Un día fuimos a elegir la torta para mi cumpleaños número once y nada más entrar, mi mami, que iba delante, me mandó de regreso a la casa. Pude ver algo. La señora

Griselda estaba tirada en el suelo, la bata levantada, se le veía el calzón y parecía muerta. Yo grité. Mi mami me mandó furiosa a la casa y después de un ratito vi cruzar la calle corriendo a la señora Martha, a la señora Diana y a la señora Alicita. Después ya salió toda la manzana a la vereda. A gritos llamaban a don Baque, el guardián, para que viniera a ayudar. Nosotros empezamos a asomarnos a pesar de los gritos de nuestras madres.

Parece que alguien llamó a Griseldita porque apareció al rato más brava que asustada a espantar a las señoras que rodeaban a su mamá. Daba alaridos de loca. Que se largaran viejas metiches, que no pasaba nada viejas de mierda, que métanse en su vida viejas putas, que acaso no tienen casas viejas cotorras. La señora Martha se quedó en la vereda murmurando: «buena está la pendejada, *ella* decirnos putas a *nosotras*. Encima que le ayudamos a la madre».

Mi mami fue la primera en venirse a la casa porque no le gustaba el bochinche. Decía «a mí el bochinche no me gusta». Tenía sangre en las manos y nosotros nos asustamos y empezamos a llorar. «La señora Griselda se cayó, no pasa nada, está bien, se resbaló nomás porque estaba recién trapeado». Después la oí hablando con las otras. La señora Griselda olía a alcohol, contaba mi mami, se había caído y se había roto la frente. Que estaba vomitada, susurraba mi mami, y sucia. Las otras contestaban que lo del golpe podía haber sido la hija, que le daba el vivo palo. Decían «vivo palo». Mi mami no creía. Que no, que cómo, una hija a su madre, eso es una aberración, eso no, eso no. Las otras que sí, que sí. Y que las dos le daban a la botella duro y feo. Decían «le dan a la botella duro y feo». Que si venía borracha le pegaba. Que si la encontraba borracha le pegaba. Que si estaba sobria le pegaba. Y que eso todos los días.

Ese año de mis once no tuve la torta. Mi mami no quiso encargársela a la señora Griselda después de eso, así que comimos un triste bizcocho cubierto con merengue blanco, chicles Agogó y el número once de vela. Mi mami me prometió que al año siguiente iba a tener la torta más espectacular del mundo y yo empecé a imaginarme una Barbie altísima y rubiesísima con corona y un vestido de princesa rosado con filos plateados, todo hecho con capas de torta y manjar en medio. La señora Griselda me prepararía la Barbie-torta más preciosa del mundo. Ya me la imaginaba, tan perfecta, en el centro de la mesa. Mis compañeras se iban a morir. Plaf, plaf, plaf. Una tras otra como cucarachas con Baigón.

Esa Navidad hacía un calor brutal y medio barrio estaba en la vereda cuando sonó el disparo. Bum. Como un trueno. Volaron los murciélagos con su chillido espantoso. Los perros empezaron a ladrar. Todo el mundo se instaló alrededor de la casa de la señora Griselda, pero nadie se atrevió a entrar.

Unos policías la sacaron envuelta en una sábana blanca que se iba empapando de sangre más y más, como si la mancha creciera.

«¿Qué hizo, doña Griseldita?», lloraba mi mami. «¿Y si fue la hija?», lloraba la señora Martha. Y nos tapaban los ojos y nos mandaban para la casa, pero ninguno obedecía. Nos quedamos ahí, un poquito más lejos. Las luces del carro de policía daban vueltas y vueltas. Todo era rojo. A lo lejos alguien reventaba camaretas y fuegos artificiales. La mancha creciendo, creciendo, creciendo y una mano escapando de la sábana. Nada más una mano, como diciendo «chao, ahí se quedan».

A los pocos días vino un camión y se llevó los muebles gigantescos de la señora Griselda y muchas cajas en las que, supongo, iban las carpetas de las tortas. La hija se fue del barrio ese día también. No la volvimos a ver.

Mis siguientes cumpleaños tuvieron una torta redonda, de mierda, pero a mí, la verdad, eso ya me importaba un carajo.

NAM

SE DESNUDA. Algo muy malo o muy bueno está pasando. Pasándome. Sea lo que sea, mis padres no se pueden enterar. Estoy en casa de una amiga. Lo de siempre. Pero mi nueva amiga, mitad gringa, mitad nuestra, se quita el uniforme, el sostén deportivo, la tanga, los zapatos. Se deja puestas las medias, cortas, con una bolita fucsia en el talón. Está desnuda, de espaldas, mirando su armario.

Es incómodo y es deslumbrante. Duelen las dos cosas. Cabizbaja como un perro avergonzado, un perro feo y paticorto, intento parecer la misma de un momento antes, cuando ambas estábamos vestidas, cuando esa imagen, la de su cuerpo, no ha reventado como millones de bengalas en mi cerebro. Diana Ward-Espinoza. Dieciséis años. Uno ochenta de estatura. Jugadora estrella del equipo de vóley de su colegio en Estados Unidos. Ojos verde gato radioactivo. Sonrisa blanquísima de la gente de allá.

Diana, Dayana en gringo, habla y habla, siempre, sin parar, mezclando inglés y español o inventando una cosa tercera, divertidísima, que me hace reír a gritos. Con ella río como si en mi casa no pasara nada, como si mi papá me quisiera como un papá. Río como si no fuera yo, sino una chica que duerme feliz. Río como si no existiera lo salvaje.

Ella repite las frases de los profesores como se repite un trabalenguas y nunca atina. Tal vez por eso, porque la creen boba, o porque vive en un departamentito y no en una casa majestuosa, o porque su mamá es profesora de inglés en el colegio y por eso ella no paga pensión o porque corre por el barrio con unos *shorts* diminutos, azules con una línea blanca que se corta en forma de uve en el muslo. Por todo eso, o por alguna otra oscura exigencia jerárquica de las chicas populares, ningún grupo la acepta. Es blanca, rubia, tiene los ojos verdes, su nariz diminuta está salpicada de pecas doradas, pero ningún grupo la acepta.

A mí tampoco me aceptan, pero lo mío es lo de siempre: gorda, morena, de lentes, peluda, fea, rara.

Un día coinciden nuestros apellidos en la clase de computación. Una al lado de la otra. Eso es todo. Aprendo que BFF significa Best Friends Forever.

Entonces somos mejores amigas para siempre. Entonces me invita a su casa a estudiar. Entonces digo a mi mamá que dormiré donde Diana. Entonces estamos en su cuarto diminuto y ella está desnuda. Se da la vuelta para ponerse por encima del cuerpo color crema pastelera un vestido vaquero. Pone música. Baila. De fondo, la gigantesca bandera estadounidense de su pared.

Cubierta de una lanilla clara, su piel tiene la apariencia, la delicia, de un durazno. Habla de chicos, le gusta mi hermano, del examen que tenemos al día siguiente, filosofía, del profesor que es gracioso, pero ¿qué *fuck* es el ser?, de que jamás va a entender las cosas como las entiendo yo, de que yo soy la persona más inteligente que ha conocido y que ella, *okey* seamos honestas, ella es buena para los deportes.

Se para frente al espejo, a menos de un metro de mí, que estoy sentada en su cama dizque hundida en el libro de filosofía. Si quisiera, y quiero, podría extender mi dedo índice y tocar el hueso de su cadera, hacerlo avanzar hasta donde nace el pelo del pubis, nunca he visto un pubis dorado, y saber si eso que brilla es humedad.

Se hace una cola de caballo con sus bucles infantiles, como los de *Mary had a little lamb*, se pinta los labios con un brillo que huele a chicle y se pone a criticar su pelo, sus orejas, un grano que digo que yo no veo. Pero no puedo mirarla y ella lo nota y se queja: si ni siquiera me estás mirando, deja de estudiar, que tú ya entendiste qué es el ser.

Me sujeta la barbilla y me levanta la cabeza para que la mire. Huelo el chicle de sus labios. Escucho mi corazón latiendo. Dejo de respirar.

–¿Ves el grano? ¿Aquí? ¿Lo ves?

La lengua se me pega al paladar. Trago arena. Asiento.

Comemos con su hermano Mitch, su mellizo, que me gusta tanto que la mandíbula se me adormece cuando voy a hablarle. Ha tenido entrenamiento de fútbol. Se quita la camiseta sudada y no se pone otra. Almorzamos solos, como un matrimonio de tres. Diana pone la mesa, yo sirvo la Coca-Cola y Mitch mezcla pasta con una salsa y la pone a calentar en una olla.

Supongo que sus padres, ambos, están trabajando. Sé que Miss Diana, la mamá, que es mi profesora de inglés, tiene otro trabajo por la tarde en la academia de idiomas. Del papá no sé nada. Tampoco pregunto. Nunca pregunto por los papás. Me dicen que Miss Diana deja hecha la comida por las mañanas, que no cocina bien. Está horrible. Bañamos nuestros platos con queso parmesano Kraft y nos reímos a carcajadas.

Mitch también tiene examen, pero no quiere estudiar. En el comedor, que es también la sala, hay fotos en las paredes. Mitch y Diana, pequeñitos, disfrazados de girasoles. Miss Diana, delgada y joven, delante de una casa con buzón. Un perro negro, Kiddo, al lado de un bebé, Mitch. Los niños en Navidad, rodeados de regalos. Miss Diana embarazada. Diana, de blanco, el día de su Comunión.

Hay algo triste en la luz de las fotos, típicas fotos gringas de los setentas: tal vez demasiado color pastel, tal vez distancia, tal vez todo lo que no aparece. Siento una tristeza que no es la mía. La mía está, pero esta es otra. Esas vidas: los niños girasoles, el bebé precioso al lado de un perro negro, todo eso que parece perfecto, tampoco va a salir del todo bien. No. A pesar de sus cabezas rubias, de sus cuerpos de atletas, de sus mejillas coloradas y de sus ojos brillantes, algo no va a salir bien.

Hay una parte desesperada, sombría, en Diana, en Mitch, en mí, en este departamentito en el que tres adolescentes escuchan música sentados en el suelo.

Ponemos discos: The Mamas & The Papas, The Doors, Fleetwood Mac, Creedence Clearwater Revival, Hendrix, Bob Dylan, Simon and Garfunkel, The Moody Blues, Van Morrison, Joan Baez.

Diana cuenta que sus padres fueron a Woodstock y saca un álbum de fotos donde, por fin, está la imagen del padre. Mr. Mitchell Ward: bigote rojo, pelo largo y cintillo en la frente. Un chico gringuísimo, hermoso y grande como sus hijos, que mira a una chica, Miss Diana, casi irreconocible de lo sonriente, de lo natural.

Luego, detrás de esa página, hay otra foto ante la que callamos: papá de pie, vestido de militar. Lieutenant Mitchell Ward.

Él fue a Vietnam.

Los dos, Diana y Mitch, dicen la misma frase a la vez, como una sola persona con voz masculina y femenina.

Él fue a Vietnam.

He went to Nam.

Nam.

Vuelve la sombra, esa falta de luz que ahoga, el silencio como un mar bravo. Suena The Doors, que nos gusta, y los tres miramos el tocadiscos abrazados a nuestras piernas. Cantamos un poco y Diana traduce: *las personas son extrañas cuando eres un extraño, las caras son feas cuando eres un extraño*. Mitch pone *Astral Week* de Van Morrison y durante la canción *Madame George* me acuesto en las piernas de Diana. Mitch pone su cabeza en mi estómago. Nos acariciamos las cabezas.

Nadie estudia esa tarde. Escuchamos la música de Mr. Mitchell Ward, nos alternamos para cambiar los discos y luego devolverlos con cuidado al sobre plástico, a su estuche y al lugar que ocupan en el mueble. Este gesto es lento y sacramental. Asumo que los hijos no pudieron darle a su padre una despedida y que esto, acostarse en el suelo a escuchar sus adorados vinilos, es el adiós más bonito del mundo. Y yo formo parte y se me sale el corazón.

Cuando suena *Mr. Tambourine Man*, Diana llora. Busco su mano y la beso con un amor tan intenso que siento que va a matarme. Ella se agacha, me acuna, busca mi boca y así, escuchando a Bob Dylan y con lágrimas, doy, me dan, mi primer beso.

Mitch nos mira. Se incorpora, se acerca, me besa y besa a su hermana. Nos besamos los tres con desesperación, como huérfanos, como náufragos. Cachorros hambrientos sorbiendo las últimas gotas de leche del universo. Suena la armónica. *Hey Mr. Tambourine Man, play a song for me*. Estamos en penumbra. Esto está pasando. No hay nada más importante en el mundo.

Somos el mundo.

Estamos casi desnudos cuando, al otro lado de la puerta, Miss Diana remueve su cartera, busca la llave, timbra, llama en inglés a sus hijos.

Diana y yo corremos a su cuarto. Mitch se mete al baño. Hemos cogido toda nuestra ropa, pero el disco sigue dando vueltas. Miss Diana, brutal, aparta la aguja y el departamento se queda en silencio. Cuando abre la puerta, Diana y yo fingimos estudiar. Mitch sale del baño envuelto en una toalla, con la cabeza mojada. Ninguno acepta haber puesto el disco. El disco del padre. El disco de Lieutenant Ward, que estuvo en Nam.

Gritos en inglés. Miss Diana está muy roja y parece a punto de llorar o de explotar en mil pedazos. Escucho palabras que no entiendo y otras que sí sé lo que significan, palabras como *fucking* y *fuck* y *album* y *father*. Los hijos dicen que no y ella se acerca a Diana. Se acerca con la mano abierta, a pegarle, y yo, desesperada de amor, le grito que no Miss, que fui yo, la del disco, que fui yo y ella ya no sabe qué hacer ni qué decir. Se queda con la mano en el aire como una estatua de la libertad sin antorcha y se da cuenta de que es mi profesora y que la he visto hacer eso que no se debe hacer, eso que se queda entre las paredes de las casas, eso que los padres hacen con los hijos cuando nadie los ve.

Sale en silencio.

Diana me mira. Yo la miro. Quiero abrazarla, besarla, sacarla de ahí.

Se recoge el pelo y dice:

–Mejor empezamos a estudiar filosofía.

Nos amanecemos estudiando o fingiendo que estudiamos. Ella, que no entiende nada, duerme un poco en la madrugada y, bajo la luz mínima, yo la contemplo. Parece Ofelia, la del cuadro, y también una superheroína, She-Ra, la hermana de He-Man. La destapo y la miro entera: siento el deseo de ser diminuta y meterme por los labios que tiene entreabiertos y vivir dentro de ella para siempre. Hasta el esmalte desconchado que tiene en las uñas de los pies me enternece, me desconcierta, me subyuga. Le besaría cada poro.

Ya no soy yo.

Me duermo un momento. Sueño que a Diana la persiguen unos perros negros, que me pide ayuda y yo no puedo hacer nada. Escucho gritos, gritos de hombre. Incluso con los ojos abiertos sigo escuchándolos. Quiero levantarme, pero Diana me abraza con fuerza y susurra: *It's okey. It's okey.*

Amanece y suena el día. La limpieza, el trasteo y, finalmente, el portazo de la madre. Diana se cambia de ropa sin mostrarse, pero cuando estoy subiéndome el cierre del uniforme se da la vuelta, lo baja un poco, me escribe algo en la espalda con la punta del dedo y lo vuelve a subir. Sonríe. En la espalda llevo un *I love you.*

Le digo a Diana que tengo que ir al baño. Contesta que tendrá que ser en el colegio. Imposible. Me ha bajado la regla en la noche, me orino, me siento descompuesta del estómago. No aguanto.

Tengo que ir.

En el departamento hay dos baños. Uno, de visitas, en el salón, y otro en el cuarto de los padres, el de la puerta siempre cerrada. Mitch está en el baño del salón y dice Diana que su hermano se demora muchísimo y me muero de vergüenza de decirle que salga. No puedo hacerlo, mucho menos después de lo de ayer, todavía siento los labios de Mitch Ward en mi cuello de perdedora y en mi panza de perdedora. Primero me arranco la mano que tocar esa puerta.

Pero tampoco puedo esperar más, siento frío, sudo frío, estoy erizada, las piernas se me aflojan.

Tengo que ir.

Diana insiste: en el colegio, en el colegio, que al cuarto de sus padres no puedo entrar, que ahí ni ella puede entrar, pero yo sé que no aguantaré, que me haré caca camino al colegio y que el uniforme es blanco y que me moriré.

Es urgente. No puedo más. No estoy bien.

Tengo que ir.

Ella me arrastra fuera de la casa. Vamos, en el colegio hay baños, llegamos en un minuto. Tengo la frente bañada en sudor. Ya está ahí, me hago. Le digo que me olvidé de un libro y vuelvo a entrar a la casa. Aprieto las piernas, dios, ayúdame. Lo único que pienso es que iré al baño, que no me haré caca encima, que ni Diana ni Mitch me verán manchada con mis propios excrementos, que iré al baño y no me moriré. Haré caca y volveré a amar y ser amada.

Abro la puerta del cuarto de los padres. Allí dentro parece una pecera de agua espesa, como líquido de embalsamar. En el aire flotan hilachas de polvo y hay un olor que agobia, pica. Ácido y dulce y podrido, gas lacrimógeno, mil cigarrillos, orina, limones, lejía, carne cruda, leche, agua oxigenada, sangre. Un olor que no sale de un cuarto vacío, del cuarto de unos padres.

Estoy a punto de hacerme todo en mi ropa interior, esa es mi única valentía, la única razón para dar otro paso e internarme más en ese olor que ahora es como un ser vivo y violento que me da bofetadas. Otro paso. Otro. Ahora ya viene la náusea, ahora huele como cuando hay un animal muerto en la carretera, pero yo estoy en las tripas de ese animal, dentro de él.

Me mareo. Me agarro de algo y ese algo es una mesa y esa mesa tiene una lámpara que se cae y se hace trizas en el suelo. Entonces salta desde la cama, con la velocidad y la fuerza de una ola, un bulto que me tumba al suelo. No veo bien. La luz es pobre, enfermiza. No sé qué tengo encima. Ha caído sobre mí una cosa informe, aterradora. La tengo sobre mi pecho y no puedo moverme. Intento gritar y no me sale ni un sonido.

Tiene cabeza, es un monstruo. Su rostro, dientes amarillos y rabiosos, está pegado al mío. Apesta a carroña. Farfulla cosas que no entiendo, hace ruidos animales, gruñidos, estertores, me babea. Pone una manaza en mi cuello y aprieta y veo en esos ojos rojos que va a matarme, que me odia y que voy a morir. Voy a morir.

Dios mío.

Por favor, digo en mi cabeza, por favor.

Entonces Diana abre la puerta, Diana She-Ra, la hermana de He-Man, mi salvadora, abre la puerta y grita algo que ya no entiendo y la bestia que me está ahogando levanta la cabeza hacia ella y me suelta.

Yo empiezo a gritar, vomito, me orino y vacío mis tripas ahí, en esa alfombra.

La luz que entra por la puerta me deja ver aquello que tenía encima, matándome. Tirado en el suelo, parece una almohada que gime.

–*Daddy*?

Ella se acerca a eso. A mí ni siquiera me mira. Lo levanta en brazos y veo unos muñones agitándose muy arriba de los muslos y en el codo izquierdo. Diana lleva hasta la cama a ese niño atroz, que es en realidad un hombre sin pelo, con los ojos salidos de sus órbitas, escuálido y color cera. El brazo derecho, las venas del brazo derecho, están completamente llenas de costras y pústulas rojas. Ella lo acuna y consuela y besa en la frente, mientras él llora y ambos repiten una y otra vez *I'm sorry, I'm so sorry*.

Me levanto como puedo. Mitch está en la puerta, mirándome con odio. Salgo a la sala, marco el número de mi casa. Contesta mi papá. Cierro el teléfono.

Camino hasta la casa de mi abuela. Allí miento, digo que estoy enferma, que no pude aguantarme, que me hice caca en el colegio. Sí, eso fue lo que pasó. Mientras me ducho, lloro hasta que me duele el pecho.

El de filosofía es el último examen de nuestro último año de secundaria. Mi mamá me excusa por enfermedad, así que lo doy otro día. Saco la mejor nota. Me entero de que Diana no se graduará con nosotros, no se presentó al examen. Dicen que volverá a Estados Unidos.

La llamo. No contesta mis llamadas.

Espero junto al teléfono. No me llama.

Nunca más.

No vuelvo a saber de ella hasta hace poco. Abro mi Facebook y encuentro este mensaje de una ex compañera de colegio:

«Hola, siento darte esta noticia, pero ¿sabes que Diana Ward murió en un ataque en Afganistán? Ella y su esposa eran del US Army. Te lo digo porque recuerdo que ustedes eran muy amigas. Qué pena, ¿no?».

Crías

Vanesa y Violeta, las gemelas, mis vecinas de toda la vida, ahora viven fuera. Emigraron hace unos quince años, como yo, y no han pisado el país desde entonces. Se llevaron a la mamá, después al hermano mayor, a la cuñada, a los sobrinos y en la casa del barrio nada más quedó el hermano segundo, el raro.

Volver, lo sabe todo el mundo, es imposible. Luego de los abrazos y las lágrimas viene el verdadero reencuentro, estar frente a frente a los mismos cuando nosotros ya somos otros, frente a ellos cuando no sabemos quiénes son. O sea, nadie frente a nadie. La charada de qué lindo todo, qué rico, cuánto extrañaba. Nos buscan donde ya no estamos, los buscamos donde ya no están y ahí empieza la tragedia.

Al cabo de unos días en casa, tomando las vitaminas domésticas, aparentando una docilidad de león de circo, dejándose bañar con el pegostreo de la mirada filial, llega un día en el que no se puede más: pretender que has vuelto requiere un esfuerzo agotador. Casi mata.

Toco la puerta del vecino, el raro, porque, me digo mientras camino los diez pasos que me separan de su casa, quiero saber de sus hermanas, pero en realidad quiero saber de él: el olvidado de los exilios familiares. Él: el chico de mi infancia.

Me abre en bata, una bata como de franela y en esa tierra nos cocinamos, pero la bata es como de franela, a cuadros, arriba de la rodilla. Va con chancletas azules de piscina. No lleva pantalones, pero sí lentes que se acomoda dando un golpecito en el puente de la nariz cuando me ve parada al otro lado de su puerta metálica pintada de blanco. Es tan pálido que parece de un mundo sin sol, el canario de la mina, pero lo que pasa es que no sale de la casa. Ha perdido todo el pelo, ha engordado unos veinte kilos, tiene el mal olor de los ancianos abandonados. Por supuesto que me reconoce, por supuesto que dice mi nombre, por supuesto que me invita a pasar y a sentarme en el mismo sofá rojo de siempre que ahora está desvaído y lleno de pelos, como si aquí vivieran gatos, pero no viven gatos. Él sabe quién soy. Pero más importante: yo sé quién es él. Frente a frente no hay despiste. Nunca me fui, nunca se quedó.

Después de tres preguntas idiotas que él responde con su tartamudeo de siempre y mirando para otro lado: qué es de tus hermanos, tu mamá, y por qué no volvieron nunca, me arrodillo en la alfombra roja, falsa persa, mugrosa, le abro la bata, bajo la que no hay nada, y se la chupo. No se sorprende. Yo sí, porque el olor es repugnante y tiene el vello púbico rasurado y la verga muerta, pero sigo y sigo y sigo hasta que se le endurece y sigo aún más hasta que se corre en mi boca y me trago eso que sabe a mostaza de Dijon y a cloro. Al lado de mi rodilla pasa una cucaracha enorme y él la aplasta sobre la alfombra falsa persa. Entonces me doy cuenta de que sobre la alfombra hay un montón de cucarachas muertas, bocarriba, las patitas tiesas, y que, de hecho, estoy arrodillada sobre una que murió hace tiempo, que es un fósil de cucaracha, una cáscara. Del bolsillo de la bata saca un pañuelo mugroso y me limpia la comisura de la boca. No hablamos.

Mientras está en la cocina miro a mi alrededor. La sala y el comedor están tan llenos de cosas, de fundas negras de basura, botellas vacías, cajas de cartón, peluches, que esto ya no se puede llamar casa. Las cucarachas bajan y suben por las paredes y hay una que se acerca, intrépida, a mi pie. Les tengo pavor, pero no puedo moverme, de pronto me siento cansadísima, el viajero que pisa tierra después de la odisea, y me dormiría sin reparos en esta alfombra llena de pelos, piel muerta, cadáveres de bichos y polvo.

Trae una Coca-Cola sin gas en un vaso lleno de huellas grasientas que huele a huevo. Espera que la tome toda y me da la mano para levantarme.

–¿Quieres verlas?

Conocí a Vanesa y a Violeta, que eran idénticas, en el parque de la esquina. Cuando me dijeron que tenían mi edad, dos hermanos, y que vivían en la casa roja de al lado de la mía me pareció extraordinario. Su familia era como mi familia, todo igual, pero ellas eran dos y no una. Yo nada más era yo y me aburría. Me fascinaba lo del gemelismo, les preguntaba cosas sin parar y ellas, con sus caras igualitas, como una niña que habla con su espejo, respondían. Un día me dijeron que si la una sentía dolor, la otra también, así que pellizqué a Vanesa y Violeta dio un grito. Aplaudí como si hubiera presenciado la magia verdadera y decidí que las amaba: mis amigas prodigiosas, querer a un espectáculo. Eso, lo de hacerle daño a una para que la otra lo sintiera, lo repetí muchas veces: les daba golpes en el estómago, les tiraba del pelo, les pisaba la mano, les echaba cera caliente en las piernas, les metía una tachuela en la uña. Siempre lo sentían a la vez, hasta lloraban, pero se dejaban: eran las niñas más inocentes del mundo. Las más.

Al mes de conocerlas fue mi cumpleaños número doce y las invité sin consultarle a nadie. Vinieron con vestidos idénticos, de cuadros escoceses y pechera con encaje y cargando cada una con una mano un gran paquete envuelto en regalo. Mi mamá las adoró por elegantes, por todavía tan niñas, por bien educadas y por regalarme una muñeca que abría y cerraba sus ojos azules de pestañas enormes. A mí siempre me aterrorizó esa muñeca y mi mamá, que había tratado de todo, incluso de hacerle un bautizo con agua bendita, finalmente tuvo que esconderla porque en mis pesadillas Dina, que así se llamaba la muñeca según la caja, me estrangulaba con sus manitas a las que, de pronto, le habían crecido unas garras rojas. Mis hermanos la llamaban Diablina y a veces, de noche, venían con ella a mi cuarto y la dejaban en la cama, sentada, mirándome con esos ojos fijos, atónitos. La hacían hablar, decirme cosas horribles: que me iba a llevar con ella al infierno porque que yo era tan mala como ella. Mis hermanos me torturaron con Diablina meses y meses hasta que mi papá les dio puñetes en la espalda y, si no se hubieran tapado con los brazos, les hubiera dado en la cabeza.

–Dejen de joder a su hermana que la van a hacer más loca.

Vanesa y Violeta tenían de esas muñecas por todo su cuarto, era una cosa horrorosa: jamás pude quedarme sola allí. Cuando no estaban, porque, por ejemplo, iban al baño al mismo tiempo, o tenían sed al mismo tiempo, yo me iba al pasillo y una de esas tardes se abrió una de las puertas y conocí al hermano segundo, el raro. Me preguntó si quería ver una cosa y yo le dije que sí porque toda mi vida he querido ver cosas y porque digo que sí a los hombres. Me llevó al balcón y ahí, en una jaula, había dos hámsteres moviendo sus naricitas y sus boquitas, contemplando la nada, bobalicones. Él me dijo que la hembra acababa de tener hijos y que se los había comido. No le creí hasta que metió la mano en la jaula y sacó medio hamstercito, una cosa diminuta y rosada, una patita y un rabo todavía con un poco de sangre y luego una cabeza, del tamaño de las bolitas de papel con las que las otras niñas me daban en el cogote en la escuela. La madre, peluda y cachetona, miraba hacia el frente con sus ojillos negros y sus bigotes de caricatura. Era tan difícil imaginarla comiéndose a sus criaturitas, pero por otro lado estaba él allí, con las palmas abiertas, mostrándome pedazos de bebés hámsteres, pata y rabo en la derecha, cabecita en la izquierda, y contándome que lo había visto todo, desde el parto hasta el canibalismo. Luego me dijo que la hámster era muy viva y no quería que sus hijos crecieran en esa casa, su casa, y tiró los trocitos de carne por el balcón, se limpió la mano en un pañuelo que sacó del bolsillo, se abrió el cierre, me empujó la cabeza, dijo que me arrodillara, que abriera la boca y que me metiera en la boca ese otro trozo de carne rosada que él tenía entre las piernas. Ordenó que no usara los dientes y así lo hice. Eso pasó delante de los hámsteres y, quién sabe, de los vecinos. Eso era el amor, me explicó, y yo dije que sí porque digo que sí a los hombres.

Yo tenía doce y él, trece. Qué sabía ninguno de los dos del amor.

Esperé a Vanesa y a Violeta en el pasillo y les conté lo del hámster y dijeron, sin asombro ni asco, que no era la primera vez, que siempre se comían a las crías, pero que los padres les habían explicado que estaba bien que así fuera porque los recién nacidos eran débiles y no iban a sobrevivir, que los roedores se comen a sus crías cuando sienten que el mundo se los va a comer de todos modos. Lo tomaron con tanta naturalidad que estuve a punto de decirles que, además, el hermano me había metido su carnecita en la boca porque eso era el amor. Pero no lo hice. Me fui a mi casa y comí puré con *nuggets* de pollo. Mi papá, como siempre, hizo que mi mamá le subiera la comida a su cuarto. Algunas veces intentaba cenar con nosotros, pero el comedor se convertía en la dimensión desconocida: nosotros engullíamos como enajenados, en silencio, sin levantar la cabeza, y a mamá se le quemaba el arroz, se le derramaba la sopa, reía, también, de la nada, como si en vez de nuestra casa fuera el manicomio. Esa noche conté lo de los hámsteres, pero no lo otro, y uno de mis hermanos dijo qué asco y el otro dijo no hables mierdas así durante la comida y me dio un puñetazo en el brazo. Mi mamá estaba en la cocina. Ofreció más *nuggets*, más puré, y ellos dijeron que sí y yo también, pero tragándome las lágrimas porque en mi casa cuando te estás ahogando comes y cuando nadie te rescata comes y cuando estás morada, hinchada, muerta, comes. Mamá de todos modos no iba a hacer nada.

Desde mi cuarto yo podía escuchar a Vanesa y a Violeta. A veces gritaban mi nombre y entonces yo le decía a mi mamá que me iba al lado. Nunca era al revés: a mi papá no le gustaba que viniera gente a nuestra casa. El papá de Vanesa y Violeta se llamaba Tomás, don Tomás, y daba miedo. Era un señor muy alto y muy rosado que llevaba unos lentes de marco negro grueso, vestía trajes claros y casi nunca estaba. Cuando sí estaba había que bajar la voz hasta el mutismo, el aire se llenaba de un jugo eléctrico, lacrimógeno, como cuando se viene una lluvia torrencial, y la diversión se volvía enfermiza. Matábamos a las muñecas de formas horribles, nos hacíamos las muertas nosotras mismas, o tirábamos los juguetes a la caja de cualquier manera, con fiereza. En ese silencio se escuchaba nítido el chillido de la rueda moscovita mongólica donde los hámsteres intentaban desesperadamente escapar hacia la nada.

Entonces me levantaba despacito, bajaba las escaleras como un fantasma, abría la puerta asfixiándome y me iba a mi casa donde el aire no era mejor, pero era mío. Respiras, aunque sea espantoso, lo propio, lo que tus pulmones anhelan sin saber por qué. La pobrecita inteligencia del pulmón. Carne de mi carne. Aire de mi aire. Hija de mis padres.

La mamá de mis amigas, en cambio, era bajita y ya está. Por más que lo pienso no recuerdo ningún otro rasgo distintivo. Era como una mancha caminando en vestido. Tal vez se llamaba Margarita, tal vez Rosa, algo cursi, floral.

Al hermano segundo, el raro, después del encuentro en el balcón no lo vi durante un tiempo. Sé que sabía que había llegado a su casa porque se abría un poquito la puerta y yo sentía sus ojitos negros siguiéndome mientras avanzaba por el corredor. A veces, cuando pasaba al lado de su cuarto, sentía un calor bestial en la barriga baja y me mareaba, pero de ninguna manera parecido a cuando estaba enferma. Me enteraba de que la hámster seguía pariendo y comiéndose a sus crías y me excitaba. Como eso, lo del canibalismo roedor, pasaba por la noche, sugerí que le tomaran fotos, pero yo no iba a coger la cámara de mi papá, ni ellas la del suyo: nos quemarían las manos, así que me quedé con las ganas de verlo.

Como al año empecé a aburrirme de Vanesa y Violeta. Les había empezado a llamar Vaneta o Vionesa, pero no se cabreaban, jamás demostraban otra emoción que no fuera una risa aguada o unas lágrimas sin pucheros. Ya no me hacía gracia el prodigio de que si golpeaba a una le dolía a la otra, pero lo seguía haciendo. Ya nada más iba a esa casa por cruzar el pasillo donde sabía que estaba él, encerrado en sus cosas raras: libros, insectos, peceras, cómics, y me sentaba en la alfombra a jugar con sus hermanas nada más para sentirlo cerca, para escuchar su tos. Por las mañanas, cuando salíamos al colegio al mismo tiempo, no nos mirábamos, pero yo sentía la cara ardiendo y el corazón como una matraca. Creía que todo el mundo se daba cuenta, pero la verdad es que nadie me miraba a esa hora. A ninguna hora. Me miraban mis hermanos por la noche para asustarme con la muñeca diabólica, eso sí.

Una tarde fui a su casa, como siempre, y él salió de la nada, me cogió de la mano y me metió a su cuarto, rápido, sin decir una sola palabra. Allí, en esa penumbra apestosa a medias usadas y a axilas sin lavar, me miró, se acomodó los lentes en el puente de la nariz, y me besó, me besó mucho, me besó de pie y acostados, y me dejé besar así de tanto, de pie y acostados. Ya no tuvo que decir que eso era el amor porque yo ya lo sabía.

Lo sabía perfectamente.

Cuando el papá los abandonó, al mío le pareció mal que siguiera frecuentando esa casa porque era una casa sin cabeza. Así lo dijo, tal vez diría sin cabeza de familia, pero yo nada más recuerdo lo de casa sin cabeza, como pollo sin cabeza, o sea, locos. No fue traumático para mí porque a las gemelas yo ya no las quería en mi vida, había descubierto los libros y con ellos la deliciosa sensación de no necesitar nada ni a nadie en el mundo. Ya no era una niña rara, sino una niña lectora. A veces las imaginaba del otro lado de mi pared, de mi espejo, rodeadas de sus aterradoras muñecas de porcelana, jugando a manitas calientes como unas retardaditas. La naturaleza había duplicado el error. No me daban pena ni nada.

A él, al hermano raro, lo veía cuando salíamos todos al colegio y mi mamá, un poco apurada, como nerviosa, saludaba a Margarita o Rosa, a la madre, y le decía cualquier día de estos me paso y nos tomamos un cafecito. Nunca, por supuesto. Un día, yo tendría ya quince, él dejó de salir al colegio. Se había graduado y nadie nunca volvió a preguntar por su existencia. Yo me moría por saber, pero me imaginaba derritiéndome en el asfalto a medida que pronunciaba su nombre y diciendo la última sílaba desde un charco de mí. Mis hermanos también se habían graduado, las personitas nos habíamos convertido en personas: el daño ya estaba hecho.

Yo también me gradué, empecé la universidad, la terminé, seguí diciendo que sí a los hombres, rompiéndome como un vaso barato contra las paredes de diferentes casas. O sea, creciendo. Después me largué del país, mi padre se murió sin que yo supiera quién era ese hombre que tanto quise que me quisiera –la peor forma del amor–, di mil vueltas como el hámster en la moscovita estúpida y un día volví y caminé los diez pasos que me separaban de su casa.

–¿Quieres verlas?

Digo que sí porque digo que sí a los hombres. Me levanto y subo con él las escaleras que no he subido en cientos de años, en mil vidas, o sea, ya nunca. La peste, como un ocupa, se ha adueñado también de la zona de arriba, hay un obstáculo para cada paso. No sé qué es toda esta mierda, pero sé que si me caigo no me podré volver a levantar, que me hundiré en la blanda acumulación de basura y que ahí me quedaré para siempre, como un insecto en ámbar, como Alicia cayendo y cayendo por el hueco del árbol. El país de las maravillas: una casa del sur atestada de desechos. El conejo blanco: el hermano raro al que han abandonado todos. Pone su mano en mi mano y me lleva a la que siempre fue su habitación.

Allí, como si no hubiera pasado el tiempo, un par de hámsteres dan vueltas en una rueda. Enciende la luz, una luz asquerosa, una bombilla sin lámpara y veo que en todas las paredes hay unas fotos, fotos ampliadas hasta la desfiguración: son hámsteres agigantados devorando paso a paso, con aplicación, a sus crías. Simpáticos dientecitos de roedor clavados en la carne sonrosada de unas cositas con cara extraterrestre que son sus propios hijos. Las fotos que siempre quise ver están ante mis ojos y son más hermosas de lo que jamás imaginé. Ser que se come a los seres que ha engendrado. Madre alimentándose de sus pequeños. La naturaleza cuando no se equivoca. Nos miramos. Sonrío. Él sonríe.

Comprendo por este cosquilleo que siento en el bajo vientre, por este mareo, por la mano que se desliza bajo mi falda y me electrocuta, que a veces, solo a veces, hay una tierra a la que se puede volver.

Persianas

Lo que hay que hacer es bajar las persianas por el día, cerrar las ventanas y contraventanas y abrirlo todo durante la noche. Así se ha hecho día tras día, verano tras verano desde que esta casa, que hicieron mis bisabuelos, tiene persianas y ventanas.

El encargado del abrir y cerrar, del clima de la casa, por decir así, siempre ha sido un niño camino a dejar de ser niño de la familia. ¿Quién fue el primero? Algún tío de esos de los que solo se habla para referirse a una característica de alguno de mis primos o mía. Parientes que un día se fueron a la guerra o a Estados Unidos, de emigrantes, y no volvieron, o que murieron en la infancia y que dejaron la nariz de Julio, las piernas chuecas de María Teresa, mi tartamudez. O nada. Gente que pasó por esta familia como pasaban los sirvientes cuando mi abuelo estaba vivo: callados, agachaditos, sin interrumpir. A esos solo se los menciona para decir cuántos hijos tuvo la bisabuela, la tía Elsa, la tata Toya o la abuela y cuántos se le murieron. Antes, supongo, los niños se morían como se murieron tres de los siete perritos de Laika, que los tiraron a la basura.

–Mamá, ¿si yo me muero tú qué harías?

–Me muero también Felipe, me muero también. Tú eres el hombre de mi vida, el único que no me va a abandonar nunca.

Hasta hace dos veranos, el encargado del clima de la casa era mi primo Julio, que tenía catorce, pero dice mamá que los tíos se compraron un piso en la playa y que por eso dejaron de venir. Cada vez que nos vemos en la ciudad, menos y menos, aseguran que este verano sí vendrán, seguro. Pero pasan los doscientos mil días que dura el verano en este pueblo y no vienen.

Esta casa era otra casa cuando venían los tíos con Julio y María Teresa: se llenaba y limpiaba la piscina, traían a Laika, jugábamos por el pueblo sin que nadie nos vigilara, nos quedábamos despiertos hasta tardísimo, dormíamos sobre mantas, en el patio, bajo estrellas que no hay en la ciudad, hablando de cosas de las que no se habla en la ciudad.

Nada de lo que hay aquí hay allí.

Ni nosotros.

Era como si en esta casa, la casa, fuéramos distintos a los que éramos en los pisos. Allá más pequeños, más torpes, más feos, más apestosos. Quien dice todo eso dice allá, en la ciudad, éramos unos perdedores. En el colegio yo no tenía un solo amigo y durante el verano era parte de una pandilla. Sí, pandilla de tres, pero tenía una chica. La chica más divertida del mundo: mi prima María Teresa y el chico más genial del mundo: mi primo Julio. Y, bueno, yo.

En esta casa en el culo de este pueblo en el culo del mundo la vida era bastante buena. Aquí crecimos los tres. Aquí Julio me rompió el brazo cuando se creía Bruce Lee. Aquí le cortamos el pelo a las muñecas de María Teresa y ella no nos habló todo el verano. Aquí supimos que papá no volvería de sus vacaciones en el extranjero, que las vacaciones en el extranjero se llamaban Sofía y que Sofía esperaba un bebé, mi hermano o hermana. Aquí a María Teresa le vino la regla y mi tío lloró y mi tía le dijo maricón. Aquí bebimos y fumamos. Aquí Julio me habló por primera vez de las pajas y me enseñó una revista porno donde vi coños hasta que los memoricé. Aquí a María Teresa le cambió el cuerpo, se estiró –aunque nunca dejamos de llamarla María Tobesa– y se convirtió en una mujer con todo lo que tiene una mujer más un pelo negro relincho y los hoyos en las mejillas que eran de María Tobesa de toda la vida. Aquí Julio se volvió un bicho de odio y cara purulenta, que no dejaba de estallarse los granos, y de mandar a la mierda a todos. Aquí le tuve miedo a la muerte cuando, debajo de su cuerpo enorme, vi el puño cerrado de Julio acercarse a mi nariz porque le dije maricón. Aquí mi primo Julio me rompió la nariz.

Aquí, una noche de tormenta de verano, metidos en la piscina, María Teresa me besó en la boca, se lo contó a Julio y él, que primero nos dijo cerdos, me dan asco, también quiso. Nos besamos los tres, ella en medio, besándome a mí y besándolo a él. Se sentía tan salvajemente bien y tan salvajemente mal, todo junto y haciendo del corazón un revuelto extraño, que terminamos llorando. Julio lloraba. María Teresa lloraba. Yo lloraba. Parecía que lleváramos toda la vida en esa piscina, solos, sin que nunca ningún adulto nos hubiera dado nunca una toalla para salir. Volvimos a besarnos las bocas mojadas y arrugadas y nos juramos que nos amaríamos por siempre, que de mayores nos casaríamos. Los tres. Que nunca habría nadie más que nosotros. Que seríamos mejores padres para nuestros hijos, que nunca los abandonaríamos como papá, que nunca pondríamos el trabajo por encima de todo como mi tío, que nunca viviríamos tan estúpidamente como mi tía, que nunca seríamos tan tristes como mamá.

En una pared del cuarto de herramientas, la sede de nuestro club, dibujamos un corazón y nuestras iniciales. Uno más, había muchos corazones y muchas iniciales en esas paredes viejísimas de la casa. Luego nos hicimos unos cortes en los pulgares con la navaja del tío y los unimos.

Luego nos besamos.

Era evidente: seríamos mejores padres que nuestros padres porque nosotros sí nos amábamos.

Aquí, una de las empleadas de mis tíos, que había salido al patio para decirnos que nos iba a coger el frío, nos vio besándonos y tocándonos.

Ellos ya no vienen. La piscina está llena de hojas y pequeños cadáveres de insectos alrededor de los cuales floto, tan inmóvil, tan absorto. A veces creo que ni siquiera me da el sol, que el sol furioso de este puto pueblo que vuelve a todo el mundo moreno y feliz, me esquiva. Me veo tan blancuzco y tan fuera de sitio como en la ciudad.

Cuando tiro la pelota contra la pared, una y otra vez, poseído, imagino el motor de la furgoneta de mi tío, el ladrido de Laika, la risa chillona de María Teresa, un balón contra el suelo –Julio–, mi mamá diciéndole a su hermano que qué alegría y ver, realmente ver, esa alegría en ella después de tantos meses de convivir con otra cosa, otra cosa distinta a la alegría. Escucharla cantar canciones de amor, ir a la cocina a hacer limonada, servir helado en esas copas altas donde entran dos bolas, nata y un barquillo. Primero al tío, el tío, el tío, el tío. Tú deja, no toques, darme una palmada bestial en la mano.

Ya no pasa nada de eso, de los perros que ladran a lo lejos no me sé los nombres, las copas altas acumulan polvo en un mueble. Sigo en la piscina, un insecto traslúcido que flota entre otros insectos oscuros. Zumban los mosquitos cerca de mis pestañas. No me muevo. Casi ni respiro. Llevo demasiado tiempo sin moverme y pienso que lo mejor que podría pasarme ahora sería morir, morir ahogado, y que María Teresa y Julio, colmados de sol y de marisco y de nuevos amigos y de lo que sea que tengan allá en esa puta playa, me tuvieran que llorar a gritos. A mí, su amor, su marido, al que abandonaron en la maldita casa del pueblo con dos mujeres locas y solas y demoníacas los únicos meses felices del puto año. Eso no se hace, joder. Llorarían y llorarían hasta el último verano de sus vidas cuando, viejos y doblados, castigados por el desamor y la soledad y la fealdad y la pobreza y la demencia, aún les llegaría a la cabeza senil ese Felipe amado que se ahogó por culpa de ellos, por no insistir, por no decir: papá, mamá, queremos ir al pueblo a estar con Felipe, nada es mejor que eso, elegimos a Felipe sobre todas las cosas.

Putos imbéciles.

Finalmente no me ahogo.

Mamá me llama a cenar.

Hoy no me ha dado la gana de bajar las persianas y el calor es insoportable. La única que puede darse cuenta es mamá porque abuela, aunque lo note, no reclama: hace unos años se quedó con cara de asustada, el hombro caído, y con una mano, la derecha, doblada sobre el muslo y la otra tapándosela con vergüenza, como si fuera el coño. Ahí, en la silla de ruedas, abuela parece pequeñita, parece inofensiva. Aunque ella era esa vieja perra que te daba unos golpes con esa misma mano, la derecha, que te dejaban roja la cara durante horas. Julio nos contó que una vez le dijo hijo de puta, yo sé que tú no eres hijo de mi hijo, mientras le pegaba. A María Teresa, un día que llevaba minifalda, le dijo putita, putita, putita, pedazos de putas, tú y tu madre. A mí, en cambio, no sé si por agrado o por desprecio, solamente me decía: triste, que eres un triste.

Después de la embolia, gracias a dios, dejó de hablar. Al principio escribía en papeles las cosas que quería, pero esas notas estaban tan plagadas de insultos que mamá leía sus mensajes emitiendo entre palabra y palabra un bip. A la vieja, que quería su libertad de expresión, los nudillos se le ponían blancos sobre los brazos de la silla y parecía a punto de gritar, de expulsar los ojos de las órbitas, de provocar un terremoto. Entonces, se meaba y se cagaba. Mamá le quitó la libreta. La dejó muda.

Esa noche, mamá dijo que no cenaría, que se iba a duchar, que el calor era demasiado insoportable. Dijo también que había ensalada de atún y pan en la refrigeradora. Comí con culpa: lo del calor era yo, lo de la falta de apetito era yo, lo de la cena mala y solitaria era mi castigo. Sí, por lo de las persianas. Pero yo no quiero ser el de las persianas, los que suben y bajan las persianas de esta casa se van, mueren, se olvidan. No. No quiero. Extraño a mis primos, quiero ser el chico que era cuando ellos estaban aquí.

Me puse a llorar.

Este verano y muy posiblemente todos los de mi vida se habían ido a la mierda.

La casa empezó a darme miedo. Todos los hombres que ya no estaban. Abuelo, papá, el tío, Julio. Yo tampoco quiero estar aquí. No me gusta ser hombre. ¿No se puede ser otra cosa? No hay otro sitio en el que quisiera estar –¿es el pasado un sitio?–, pero tampoco aquí.

Subí con un poco de ensalada para mamá. Ella estaba acostada, boca arriba, todavía empapada de la ducha y desnuda bajo el ventilador. El cuerpo de mamá, blanco nata como el mío, iluminado por la poquita luz que entraba por la ventana, parecía el cuerpo de una ahogada, como si alguien la hubiera sacado de la piscina, ya tarde, y la hubiera depositado, con las piernas abiertas, en la cama.

Mamá muerta, podía irme. Sí. Metería en una mochila algo y me largaría a buscar a María Teresa y a Julio. Mamá muerta. Ahogada. Yo no cerré las persianas.

–¿Mamá?

Volví a llorar. Me acosté a su lado.

Abrió los ojos, dijo que todo estaba bien.

–Hijito, mi hijito, hijo de mi corazón, ven, dame un beso.

Me acerqué y me acarició la cara, dijo que me parecía a papá. Como ese otro verano con María Teresa y Julio, nuestros labios se tocaron.

–De aquí saliste –me dijo y me puso la mano en su coño mojado.

–Y de aquí bebiste –volvió a decir y me llevó las manos a sus tetas flácidas.

Yo las apreté y las besé y las chupé, pensando siempre en mis primos y en el amor que dijimos que nos tendríamos por siempre.

Escuché su voz, una voz que venía de debajo del agua.

–¿Quieres casarte conmigo, hijito?

Dije que sí. Todos me habían abandonado, así que dije que sí.

Al voltear hacia la puerta, me pareció ver que abuela estaba allí, en su silla de ruedas, sonriendo de una manera asquerosa.

Mamá me hablaba:

–De aquí saliste, hijito, entra, de aquí, ven.

Cristo

Cuando al ñañito le empezó a subir la fiebre fue cuando empezó todo esto.

Dejé de ir a la escuela tantos días que empecé a sentir que nunca había ido, que desde que nací lo único que había hecho era cuidar al ñañito. Yo me quedaba en la casa mientras ella se iba a trabajar y le daba las cucharaditas del jarabe rosado cada hora y del jarabe transparente cada cuatro.

Ella me había regalado un reloj de números grandes por mi cumpleaños.

El bebé era livianito, livianito. Era como cargar papel de regalo arrugado en los brazos. No reía. Casi nunca abría los ojos.

Una noche uno de los amigos de mi mamá le hizo un hueco a la puerta del baño cansado de oírlo llorar.

–Cállalo –le decía a mi mamá–. Que se calle esa criatura de mierda. Calla a ese monstruo, por puta te salió monstruo, mátalo.

Repetía las malas palabras y daba con el puño.

Era mejor que le diera a la puerta del baño y no al ñañito. Y no a ella. Pero un poco le daba a ella también.

No volvimos a ver a ese amigo de mi mamá y se hizo más difícil comprar el jarabe rosado y el jarabe transparente y ella lo hacía durar con un poco de agua hervida.

Ella se apretaba las manos mientras esperaba para sacarle el termómetro a mi ñañito. Le quedaban blancas después. Y hacía un ruidito después de sacudirlo en el aire y mirarlo debajo de la lámpara. Un ruidito de lengua y dientes. Cuando no lo hacía era un día mejor del ñañito.

Algunos fines de semana me mandaba donde los abuelitos.

Mi abuelito Fernando me llevaba primero al cementerio a visitar a su mamá muerta, Rosita. Después nos íbamos a La Palma a tomar Coca-Cola con helado de vainilla. Una niña con su abuelo. Con vestido. Sin hermanos. Hija única. Consentida. Todo eso se acababa muy rápido y enseguida era lunes.

Una tarde, mientras yo veía *El Pájaro Loco*, el ñañito empezó a llorar. No fui. Tocaba el jarabe rosado. No fui. Quería ver *El Pájaro Loco*. Entero. Por una vez entero sin mirar el reloj de números grandes, sin medir el jarabe en esa cucharota de plástico blanco, sin luchar para que se lo trague y ensuciarme la ropa y apestar, como siempre, a medicina. Quería oler a niña que ve *El Pájaro Loco* y nada más. Me reía hasta en las partes que no daban chiste. Muy alto, muy alto, como el Pájaro, para tapar el lloro del ñañito.

Al rato se acabó el programa y empezaron *Los Picapiedras*. También me lo vi enterito.

Cuando fui, el ñañito ya había dejado de chillar. Lo toqué. Fue como meter los dedos en candela vivita.

Llamé a la vecina y la vecina llamó a mi mamá.

–¿Le diste el jarabe rosado?

Hice que sí con la cabeza.

El médico le mandó un jarabe verde y supositorios.

Mi mamá me enseñó a ponerle los supositorios. Yo no quería. El ñañito gritaba como ese perro cafecito al que atropelló un taxi una vez frente a la casa y se quedó ahí tirado, con las tripas afuera, pero vivo. Gritaba igualito, igualito.

Rosado, transparente, verde y supositorio.

Al día siguiente dejamos al ñaño con mis abuelitos y nos fuimos al Cristo del Consuelo. Ese era el barrio negro, el barrio prohibido. Mi mamá y yo éramos ahí como las bolitas de helado de vainilla flotando en la Coca-Cola.

Una señora negra, gordísima, con un pañuelo rojo en la cabeza le dijo a mi mami que tuviera fe.

–Tenga fe, doñita. Este Cristo es milagroso.

Después le pidió plata, unas monedas. ¿Por qué no se la pedía al Cristo? Si era tan milagroso debía estar llenito de monedas, no como nosotras que a veces caminábamos porque no había para el bus.

La señora negra del pañuelo rojo le vendió a mi mamá un niñito como de juguete para que lo colgara del vestido morado del Cristo. Cuando entramos a la iglesia ¡había tantos niñitos de esos! Y corazoncitos y piernitas y bracitos y cabecitas y otras partes que no reconocí. Y fotos y cartas y billetes y dibujos. Una de esas cartas decía «alluda señor, solo tengo nuebe años y cancer».

–¿Mami? –pregunté–. ¿Cómo va a saber el Cristo cuál de todos es mi ñañito?

–Porque Él es muy inteligente.

Olía raro ahí dentro. A viejo, a polvo, a como cuando no me lavo el pelo muchos días, a caliente, a cuando se va la luz.

Antes de irnos, mi mami sacó una botella de salsa de tomate Los Andes y la llenó del agua de un grifo.

–Agua buena –dijo–. Agua del Cristito, agüita santa.

Me dio un trago, pero no sabía a santa, sino a salsa de tomate y un poco a oxidado y pensé que una agua de salsa de tomate, como la que echamos al arroz blanco a fin de mes, cuando ya se está acabando la botella, no podía ser milagrosa. Tenía que saber a dulce de leche, a hamburguesa doble. No saber a pobre. Con esa porquería en la boca, sentí ganas de gritarle a todo el mundo que estaba equivocado, que aquí no había más milagro que la señora del pañuelo rojo recibiendo monedas por vender trocitos de cuerpo y cuerpitos enteros para pegar a la falda de un Cristo que sabe a salsa de tomate chirle. Ahí se quedó mi hermanito, o sea, un muñequito tan deforme como él, rodeado de cientos de otros muñequitos igual de horrorosos y cabezas y brazos y piernas y corazones, como si hubiera habido una explosión.

–Él se tiene que quedar ahí –se puso furiosa mi mamá.

Y yo lloré todo el camino a la casa porque me di cuenta de que ella tampoco sabía lo que hacía.

En la casa, mi mami le dio un poco de esa agua al ñañito y se la echó por la cabeza. Él abrió los ojos y enseñó su boca, sus dientes. Por fin. Nos sonreía.

Así, con esa sonrisa, lo pusimos la semana siguiente en una caja blanca, pequeñita, que pagó el barrio con una colecta.

He vuelto a la escuela. Otra vez a cuarto grado, donde soy enorme y no tengo amigos.

Cuando me preguntan si tengo hermanas o hermanos pienso en el niñito que está colgado del manto del Cristo del Consuelo y digo que no.

Ellos no lo entenderían.

Pasión

Hecha un ovillo en el suelo pareces un bulto que algún mendigo dejó ahí sin miedo a que le roben porque no hay nada de valor en esa sucia bolsa. Eres tú. El polvo que levantan las sandalias de la multitud –la multitud que corre a ver el espectáculo– te cubre por completo. Tienes la boca de arena y una piedra puntiaguda se te clava en el esternón. Alguien te pisa. Sigues inmóvil. Un perro hambriento, salvaje, te olfatea. Sigues inmóvil. Piensas en venenos, en amargas raíces asesinas, en esos afilados colmillos de las serpientes del desierto que tantas veces has ordeñado, piensas en acabar con todo rápido.

Sabes, lo único que sabes, es que no vas a poder vivir sin él. Lo que no sabes, y nunca sabrás, es si te quiso. Eso es algo que solo saben quienes han sido queridos alguna vez. Tú no eres una de esas personas. Tu madre se fue dejándote mocosa y flaca y desnuda. Un animalito mojado en la puerta de la casa de tus abuelos.

Se fue a buscar hombres, decían ellos, decían las gentes del pueblo tapándose la boca por un lado. Usaban para hablar de ella esa palabra que luego, no mucho más tarde, fue tuya, te calzó como un traje ceñido, te contagió como una enfermedad.

No sabes, tampoco, que tu madre quería salvarte de ella, de eso que heredaste y que se parece tanto a una gracia como a una maldición.

La primera profecía que cumpliste fue la de «eres igual a tu madre». Te golpeaban para que no seas igual a tu madre mientras te gritaban eres igual a tu madre. Una noche, tendrías doce, trece, se te hizo tarde al volver de tu ocupación favorita: recoger raíces, hierbas y flores para luego en casa hervirlas, aplastarlas, mezclarlas y ver qué pasaba. Volviste corriendo con la alforja llena, levantabas el polvo con tus sandalias, ensuciabas los bajos de la falda y la gente al verte pasar sudada, jadeando, meneaba la cabeza como diciendo «pobrecilla», como diciendo «otra como la madre».

Ella, tu abuela, él, tu abuelo, te pegaron tanto que dejaste para siempre de escuchar por el oído derecho y te quedó un rengueo al caminar. Con una vara de laurel –esa vara de laurel– te rasgaron la espalda, las nalgas, el pecho diminuto, hasta dejarte tiras de piel colgando, como una naranja a medio pelar.

Gritaban, gritaban, y azotaban, azotaban. Sus sombras a la luz del fuego parecían gigantes furiosos. Cerraste los ojos. Te hiciste un ovillo en el suelo, apretaste la piedra gris que tu madre te había dejado atada al cuello y dijiste para ti misma «que me maten o ya verán».

Pero no te mataron.

Despertaste de madrugada a punto de ahogarte con tu propia sangre. Escupiste, vomitaste y con un dolor de agonía lograste incorporarte. Despacio, muy despacio, cubriste con uno de tus emplastos cada herida y las envolviste con paños. Fuiste a tu alforja, buscaste un recipiente y ahí, en la oscuridad, mezclaste con el mortero varias hierbas y raíces, añadiste unas gotas de líquido que brilló –amarillo– a la luz de la luna. Tus ojos, también amarillos, se iluminaron como los de un gato.

Eso nadie lo vio.

Pusiste el recipiente con la mezcla en el fuego, dijiste unas palabras en susurros –sonaron a cántico, a rezo, a hechizo–, cubriste con tu palma la piedra gris, recogiste tus cosas y te largaste de allí.

Cuando encontraron a tus abuelos estaban secos, deshidratados, tiesos como esas culebras huecas que a veces aparecen en los caminos.

Decían, los que los encontraron, que estaban marrones y que tenían los ojos desorbitados y las mandíbulas inhumanamente abiertas.

Decían, los que los encontraron, que parecían haber muerto de terror.

Se te perdió la pista muchos años. Una niña perdida más en un mundo de niñas perdidas. Unos decían que te habías unido a los nómadas y recorrías los pueblos bailando y enseñando los pechos por unas monedas. Otros aseguraban que habías matado a unos hombres que querían quitarte el colgante –la piedra– de tu madre. Unos más estaban convencidos de que habías muerto leprosa, despedazada y sola. Que alguien que conocía a alguien que conocía a alguien te había visto agonizar en un leprosario, encerrada en una mazmorra con otros asesinos, bailando sin ropa ante hombres excitados.

En realidad, tu vida no le importaba a nadie y lo único que querían saber era qué diablos les habías hecho a tus abuelos para que amanecieran secos como ramas.

Te empezaron a llamar también otra cosa, como a tu madre, y te usaban, usaban tu nombre, para asustar a los niños.

Un día te dijeron que allí, en esa tierra maldita que juraste no volver a pisar, había un hombre especial y que tenías que conocerlo. Nunca podrás decir a las claras por qué, pero deshiciste lo andado durante tantos años. Caminaste kilómetros y kilómetros, despedazaste tus sandalias y llegaste un amanecer, descalza, el pelo una maraña, la piel quemada.

Él parecía estar esperándote. Pidió una palangana de agua limpia y se hincó a lavarte, con una delicadeza casi femenina, los pies llagados y sucios. Nunca podrás decir a las claras por qué, tal vez porque ese fue el único acto de ternura que te habían dedicado –a ti, criatura del golpe, hija de la brutalidad, princesa de las noches que terminan con las mujeres malheridas–, pero en ese instante tomaste la decisión de darle tu vida, de hacer lo que quisiera, lo que sea, de ser barro en sus manos, suya, su esclava.

Él te preguntó tu nombre y lo repitió con una dulzura que te hizo llorar las primeras lágrimas, tus lágrimas, niña, que se volverían leyenda. Entonces extendió su mano y te las secó y te dijo –sí, no te lo inventas, lo dijo– que te quería.

Dijo: te quiero.

Ya no había vuelta atrás. La huérfana, la humillada, la maltratada, la tullida, la medio sorda, la puta, la asesina, la leprosa no existían ya –nunca más existirían.

Eras tú frente a él.

Y tú frente a él eras una mujer extraordinaria. La mejor de las mujeres.

Y si un perro, que es un ser de poco entendimiento, sigue fielmente a quien le acaricia la cabeza y el lomo, ¿cómo no ibas tú a seguirlo a él hasta el mismísimo infierno? ¿Cómo no ibas a hacer hasta lo imposible por hacerlo feliz, por ayudarlo a cumplir sus promesas? Así, como un perro agradecido, te sentabas a sus pies a mirarlo, a escucharlo arrobada, loca de amor, como si de su boca salieran uvas, miel, jazmines, pájaros.

A veces, mientras él contaba sus dulces historias de pescadores y pastores, tú apretabas la piedra gris de tu pecho y aparecían veinte, treinta, cuarenta personas más a escucharlo como tú: con devoción infantil, como si fuera un mago, como si de su boca saliera miel, pájaros.

Sabías que eso lo hacía feliz.

De pronto fueron muchos los que lo seguían. Él cambió. Los cuentos se volvieron recetas, las anécdotas, mandatos. Empezó a hablar de cosas que no entendías, que en realidad nadie entendía, cosas mágicas, santas, tal vez sacrilegios. A ti nada de eso te importaba.

Los otros ya no te dejaban tocarlo –salvo la túnica, las sandalias– ni él visitaba tu tienda con tanta frecuencia, con tanta urgencia. Te quedaba la memoria de su olor de hombre del desierto que no se iba de tu nariz, de tu cuerpo, de tu vestido. Un olor que no se fue nunca, que hasta el último instante de tu vida te estremeció. Era tuyo, ahora un enviado de los cielos, decía, pero tuyo. Y tú de él. Por eso apretaste la piedra de tu cuello cuando se quedaron sin vino en aquella boda e hiciste aparecer pescado y pan donde no había más que piedras y arena –porque en tu soledad aprendiste a que te obedecieran el agua, las piedras, la arena.

Por eso también aplicaste, sin que nadie te viera, sin que nadie quisiera verte, tu ungüento en los ojos blancos del mendigo que los abrió y dijo «milagro» y te metiste a escondidas en el sepulcro de aquel hombre para llenar sus pulmones muertos del sahumerio de la vida –entonces invocaste fuerzas que no debías, la muerte es la muerte, pero ya era demasiado tarde para replanteártelo– y lograste que el cadáver se levantara, que anduviera y que él se llenara –más, cada día, más– de gloria.

Pero eso no lo ibas a permitir. Que se muriera. No: que se dejara matar. Eso no lo ibas a permitir. Trataste de impedírselo, le hablaste del ungüento, de las piedras que fueron alimento, del vino que era agua, de los ojos blancos, nulos, de aquel mendigo, del cadáver que anduvo, de la piedra que llevas en el cuello, de las fuerzas que invocaste, infinitamente más poderosas que tú y que él. Pero no te creyó. Te apartó de su lado con violencia –él, con violencia– y te caíste y desde el suelo lo miraste y viste a dios. Ese hombre era tu dios. Y te llamaste mentirosa, te llamaste embustera, te llamaste loca y él te dijo:

–Apártate de mi vista, mujer.

Si un perro permanece en la puerta del que le da un mendrugo de pan y muestra los colmillos, dispuesto a despedazar a cualquiera, para protegerlo, ¿cómo no ibas tú a defenderlo hasta de sí mismo, de su propia convicción? Por eso el día en que se lo llevaron y le hicieron todos esos horrores, tú apretaste la piedra y el cielo se encapotó hasta convertirse en una masa de lava gris y tu llanto –ay, tu llanto– hizo que gente a miles de kilómetros empezara a llorar sobre la sopa, haciendo el amor, labrando la tierra, lavando la ropa en un río, en sueños.

Cuando su cabeza colgó sobre su pecho, inerte, te hiciste un ovillo y la gente te pisoteó y un perro salvaje te olfateó y pensaste en venenos y quisiste morirte ahí mismo, pero entonces rompiste a llorar. Y tu llanto, mujer de lágrima viva, hizo un pozo en el que mojaste tu vestido como si fuese un sudario y, desnuda, sin que nadie te viera, sin que nadie quisiera verte, te metiste en el sepulcro en el que horas después lo depositarían a él: esquelético, ensangrentado, muertísimo.

Con tu espalda pegada a la fría piedra, tu cuerpo pálido, de moribunda, lo viste levantarse y sonreíste. Llevaba al cuello la piedra gris, es decir, se llevaba tu fuerza, tu sangre, tu savia. La luz que entró en el sepulcro cuando él movió la piedra te permitió verlo por última vez: hermoso, divino, sobrenaturalmente amado.

Él te miró, estás casi segura de que te miró y con tu último aliento –te morías– le dijiste algo, lo llamaste, estiraste la mano. La palabra amor se colgó del techo como una estalactita. Pero él siguió caminando al encuentro de sus fanáticos que gritaban, se tiraban a la arena de rodillas, se cubrían los rostros con las manos.

Y no volvió la vista atrás.

Luto

Por primera vez en su vida, Marta se sentó en la cabecera de la mesa e hizo sentar a su hermana, limpia, vestida de lino blanco y ungida con aceites perfumados, a su diestra. Trajo más vino antes de que se acabara el botijo anterior y, sin decir las oraciones, se devoró el pollo, las patas gordas del pollo con su corteza crujiente, acaramelada, sabrosa, que nunca jamás habían sido para ella. Miró a María que parecía una bárbara arrasando con los colmillos pechuga, muslos, rabadilla, y le entró risa floja. La risa del vino y de la libertad. La risa que nada más puede salir de una cabecera de la mesa y de comer la dorada gordura del pollo y de ver a la hermosa María: la boca y las manos sucias y con esas mismas manos grasientas agarrar la copa para beber una gran buchada de vino con la boca llena. Vino. Par de libertinas. Tuvo ganas de decirle a María míranos, míranos, qué poco nosotras, tan llenas de goce, hoy que deberíamos guardar un luto tieso, hoy que la casa debería estar cubierta de liencillo negro. Nos quedamos solas, hermana mía, más que solas: sin un hombre en casa, y tendríamos que estar tiritando como cachorros de perra muerta.

Pero nada dijo. Le sonrió. Y María le devolvió la sonrisa con los dientes cubiertos de trocitos de carne oscura. Se saciaron y siguieron comiendo nada más por ver qué pasaba y ya con los vientres inflados salieron al patio abrazadas por las caderas. La noche estaba estrellada. Las bestias dormían, también la servidumbre. Dormía el mundo entero un sueño ronco, intoxicado. Había comida, había agua, había tierra, había techo. Marta casi pudo olfatear en el aire el mar de las vacaciones, cuando los padres vivían, cuando él no era él, sino uno más: tres niños corriendo por la playa y regresando a cada rato, mira mamá una concha, mira papá un cangrejo. Tiempos buenos, sí, el aire olía a días buenos cuando papá no volvía agrio y azotaba a todo el que se ponía por su camino con una vara de cuero delgadita que abría la piel en silencio, como si nada, hasta que salía la sangre como una sorpresa roja y el dolor aguijoneaba. Empezaba por mamá, seguía por el hermano y por Marta que se las arreglaba por esconder a María de la varilla. Ese papá los convertía en otras personas, en otra familia. Tal vez ni siquiera habría que usar esa palabra sagrada: familia. Los días de papá hediondo, fermentado, ellos se metían debajo de la cama y mamá gritaba y a veces él cambiaba la vara por el látigo y ese sí que avisaba que venía el dolor con un tchas, tchas, tchas en el aire.

Marta abrazó más a su hermana María, ahora frente a frente, ahora mirándola a su cara de niñita envejecida, tan bella sin embargo, con esos ojos raros, verdes, tan turbadores. Le enjugó las lágrimas con los labios y le dijo que la quería y le dijo también que la perdonara. María sabía a qué se refería. Entonces María, llena de vino y de pollo y de noche libérrima, se quitó el vestido y cerró los ojos y se abrió de brazos para que su hermana la viera entera, desnuda, en cruz. Para que viera lo que es capaz de hacer la gente cuando nada la detiene. Para que entendiera en los tajos en la piel que ante la indefensión triunfa siempre la crueldad. Alguien había escrito con un objeto punzante la palabra zorra en su estómago, alguien había pisoteado su mano derecha hasta convertirla en un colgajo, alguien había mordido sus pezones hasta dejarlos arrancados, guindando de un trocito de piel de sus pechos redondos, alguien le introdujo aperos del campo por el ano dejándole una hemorragia perenne, alguien le produjo un aborto a patadas, alguien, nadie, hizo nada durante esos días que quedó inconsciente y las ratas, con sus dientecitos empeñosos, comenzaron a comérsela por las mejillas, por la nariz, alguien, seguramente su hermano, le dejó la espalda como el mimbre de tantos latigazos. Tchas, tchas, tchas.

E infecciones, llagas, podredumbre, sangre, fracturas, anemias, males venéreos, pústulas, dolor.

Marta se arrodilló ante su hermana. Elevó sus brazos abiertos hacia ella y le susurró diez, treinta, cien veces, nunca más, nunca más, nunca más. Y se arrepintió de estar lozana, de estar virgen, de estar viva. Y lloró y escupió en el suelo y maldijo al hermano. Maldijo la tumba del hermano y su maldito nombre y su maldita verga y su maldito cuerpo que ya estaría empezando a pudrirse. Y abrazada a las rodillas flacas, llenas de apostillas, de su hermana dijo:

–No tengo otro dios que tú, María.

Entonces la puerta trasera se cerró de un golpe y dieron un grito. Carajo, el viento. María se vistió y entraron a la casa, de repente inhóspita y helada como una cueva.

Al acercar la vela a la mesa, se dieron cuenta de que esa especie de corteza sobre los restos del pollo eran decenas de cucarachas grandes de color tostado que empezaron a correr por la mesa haciendo un ruido crujiente de hojas secas. Las dos gritaron como si hubieran visto un aparecido. Marta dijo que en esos casos, y solo en esos casos, es cuando se necesita un hombre en la casa y María, que estaba subida a una silla y con las faldas arrebujadas hasta la cintura, empezó a reírse como una posesa y a responder que no, que prefería a las cucarachas, todas las del mundo, a tener a un hombre en casa. Entonces saltó con los dos pies desnudos al suelo y cayó, precisa, un pie sobre cada una, sobre dos cucarachas que se destaparon como una cajita y soltaron un jugo blanquinoso. Marta le decía que se callara, que las iban a escuchar, pero también se reía de que una estupidez como esa las hubiera hecho gritar así y de que su hermana no llevara ropa interior en mitad del comedor y de que no necesitaban a un hombre, menos a ese hombre y, mientras tanto, no paraba de mover las piernas y de sacudirse el vestido por si a algún bicho se le ocurriera trepársele y parecía que estuviera bailando y si alguien las hubiera visto: la una desnuda de cintura para abajo, pura risa, matando cucarachas y la otra bailando como una cualquiera, nunca hubiera pensado que hace apenas cuatro días, cuatro, un hermano, el único hermano, se les murió a esas dos mujeres.

Pero así era.

Llevaba tiempo enfermo, decían que era algún mal que se había traído del desierto. Que se había traído de alguna mujer del desierto, pensaba María, pero jamás lo comentó con su hermana ni con nadie. Ella había visto cosas así: hombres sanos al pie de la tumba en cuestión de meses, con las vergüenzas negras, quemadas como la paja del arroz y delirando sobre el demonio o el sabor dulcísimo de los dátiles de alguna tierra que no existe. María estaba segura de que su hermano había muerto de pecado, pero ¿quién lo creería? Ella era la que arrastraba esa carga, no su hermano, sí, claro, su perfecto hermano: limpio como las aguas del cielo. María era memoriosa. Recordaba el día en el que su hermano la echó de la casa principal y la puso a dormir más allá de los esclavos y de las cuadras, en un establo oscuro, apenas cubierto. Su hermana puta no merecía dormir en lino ni en seda bordada como Marta, la hermana buena, la hermana mística. La puta merecía dormir entre ratas y sobre jergones hediondos. La puta, aliada del maligno, se tocaba entre las piernas y gemía. En eso consistía ser puta: en gustar del gusto. Una vez la vio. Entró a la habitación y encontró a María con la mano entre las piernas. En esta casa no va a haber putas, dijo. Eso fue todo. Esa noche la ató a un abrevadero y bajo las estrellas preciosas le partió la cara a patadas. Cuando Marta salió a pedir piedad, él levantó la mano y le dijo que si daba un paso más la mataría. Te haré lo mismo, le dijo, pero además te mataré. Quien defiende a una puta es una puta, le gritó. Y entonces Marta se quedó arrodillada sobre el polvo del patio viendo a su hermano romper a su hermanita a golpes.

Ahora estaban las dos solas. Marta se había pasado a la habitación del hermano y la suya, exquisita, había quedado para María. Ahora era tiempo de mimarla, de adorarla, de glorificarla. Allá en ese establo la habían violado, a ella, que era virgen, todos los esclavos, incluso los que hasta la semana anterior le decían niña María. Por ahí desfilaban los hombres, jóvenes y ancianos. Allí, sobre ella, nacía y moría la sexualidad del pueblo. Allí la había maltratado y penetrado por el ano y la vagina y torturado él, que se hacía llamar puro, que se hacía llamar hombre de dios, que era querido amigo de aquel, el más santo de los santos, ese que cuando venía a casa levantaba una actividad torrencial y al que María lavaba los pies polvorientos y callosos con perfumes exóticos, divinos, suyos.

Marta lo sabía porque más de una noche lo había seguido y lo había observado todo con los ojos templados de terror. Y después, cuando los cerraba, volvía a verlos otra vez y otra vez y otra vez. Hermano sobre hermana. María como un cuerpo muerto, los ojos cerrados, moviéndose con la inercia del impulso, como un blanco cadáver –una mosca salvaje siempre recorriéndole la boca, los ojos, las fosas nasales– todavía manchado de sangre y él, él mirando para todos lados como un delincuente, caminando bajo la luna de vuelta a la casa mayor, con la verga manchada de esa misma sangre. ¿Tendría la regla María? ¿O es que estaba tan devastada por dentro que ya no había carne sino hemorragia? Ni el cielo ni la tierra volverían a ser iguales. Hermano sobre hermana, como en lo más profundo de las tinieblas.

Eso pasó muchas, muchas, muchas noches.

El catre donde yacía su hermana –casi muerta, apenas viva– era un muladar de excreciones donde los bichos proliferaban y que para algunos hombres, aunque gratis, aunque fácil, ya resultaba demasiado repulsivo. Un cuerpo putrefacto, desagradable, pestilente. María, la dulce y hermosísima María, la de los ojos como gemas de montañas remotas, hija del mar y del desierto, resultaba ahora asquerosa para el más mugriento de los forasteros. A veces, alguien muy urgido le tiraba un balde de agua por encima y así, mojada, se cuidaba de no tocarla demasiado mientras la penetraba rápido, con violencia, como a una cabra.

Marta no podía cuidar a su hermana. Las paredes tenían ojos y bocas y lenguas parecidas a las de las serpientes. Se lo dirían a él inmediatamente y él le haría lo mismo: pondría a las dos, una al lado de la otra, en el mismo catre, en el mismo infierno. Podía dar una moneda a alguna sirvienta para que llevara un cubo de agua y una esponja y lavara el cuerpo amoratado, gris y sanguinolento de su hermana, pero no era seguro que lo hiciera. Había que tener fe. Fe en la sirvienta. Fe en el esclavo que le llevaría un trozo de pescado y leche y pan. Fe en el guarda que impediría, también por monedas, que siguieran usándola todos los hombres del pueblo. Al menos durante esos días del mes. Al menos durante las fechas santas. Al menos hoy. Fe en el niño que le daría una nota que dijera aguanta, nos iremos de aquí las dos. Pero nada más fe, el más enclenque de los sentimientos. La fe no sirvió, por ejemplo, cuando los visitó el amigo del hermano, el más santo de los santos, y preguntó por María y sus ojos de piedra rara y hubo excusas y volvió a preguntar por María y sus ojos de un verde de otro mundo y el hermano no pudo hacer más que llevarlo al establo inmundo donde la tenía tirada, medio desnuda y manchada de toda excreción, abierta, en una postura más infame que la de un animal destazado y aquel hombre, santísimo de toda santidad, empezó a llorar y a gritar y a preguntar y a agitar al hermano como diciendo nadie podrá perdonarte por lo que aquí hiciste, suéltala ahora mismo, estúpido sádico maldito loco. Pero el hermano nada más dijo ella es pecadora, señor, ella es la más pecadora de las mujeres. Yo la he visto. Goza del pecado carnal, señor. No me lo han dicho. Tuve la desdicha de presenciarlo, señor, es repugnante. Y si la suelto, señor, entonces las otras creerán que eso se puede sin consecuencias, que se puede ser así y no.

Y entonces el hombre, al que María había lavado los pies con su propio pelo, se puso de rodillas, rezó por ella un rato, unos minutos, y entró a la casa a cenar y a beber con los muchachos. Cuando se iba, después de abrazarlo, dijo al hermano: deberías soltarla. La voz sonaba llorosa, tal vez borracha. Y el hermano moviendo mucho la cabeza, mirando hacia abajo, dijo que sí, señor, se hará tu voluntad. Marta salió a su encuentro, se puso de rodillas: por favor. Es la casa de tu hermano, le contestó el santo a Marta, y no puedo imponerme a él, el respeto a un hombre se demuestra en el respeto a su casa, pero ya le he dicho que debe soltarla y rezaré porque así se haga. Debes tener fe, le dijo a Marta, fe, Marta, fe, antes de desaparecer en el desierto.

A Marta esa palabra ya le sabía a mierda en la lengua.

Y María siguió en el establo.

Cuando el hermano enfermó, Marta, a la que todos alababan su entrega, su disponibilidad, sus habilidades, sus guisos, sus ternuras, sus infusiones, se volcó a cuidarlo. Lo alimentaba, limpiaba, medicaba e incluso aplicaba ungüento blanco en sus partes privadas en carne viva. Todo aquello que un observador hubiese podido confundir con cariño, era realizado con un odio profundo. Ante el ojo ajeno, Marta era pura delicadeza, pero a solas lo alimentaba con caldos fríos, gelatinosos, siempre con algo de estiércol fresco, arena o gusanos que recogía en los patios y que metía, cuidándose de que la vean, en una cajita. El momento de la limpieza que realizaba al cuerpo del hermano, que se había convertido en una sola llaga púrpura, sanguinolenta y llena de pus, empezaba siendo tierna, con agua tibia, aceite de coco y esponja marina y, de pronto, sin aviso, sin cambios en la respiración, se volvía feroz. Marta cambiaba la esponja de mar por lana de acero y arrastraba los brazos arriba y abajo como se lija la madera. Finalizaba su pulimento con alcohol de quemar. Era imaginativa, tanto vertía cera caliente en las heridas como alcanfor, ortiga o limón. Después salía de la habitación y se quedaba sentada en una silla al pie de la puerta, con sus manos cruzadas sobre el regazo, piadosas, y los ojos muy cerrados, mientras dentro su hermano se retorcía de dolor y hacía ruidos espantosos, sordos, porque ya no podía gritar: la enfermedad le había arrebatado la lengua y en su lugar le había dejado una especie de papilla rosa que se movía dentro de la boca desdentada con algo de monstruoso y de lascivo.

Cualquiera que hubiera visto a Marta hubiese creído que rezaba por la mejoría de su hermano enfermo, pero estaba rezando porque muriera lento, con el mayor dolor posible.

Un día el hombre murió. No fue fácil ni fue rápido, los estertores horrorosos duraron horas. Estaba sediento y nadie le dio de beber. Marta cerró puertas y ventanas y, como si fuera un espectáculo, se sentó a verlo morir. Lo dejó agonizar en soledad, a pesar de que el hermano estiraba su mano esquelética hacia ella, tal vez pidiendo compañía, contacto. Que pusiera una mano viva, como poner un pajarito, sobre su mano casi muerta, que enjugara sus sudores y que vertiera sobre su frente al menos un par de lágrimas, dos diamantes pequeños, para dárselas a lo que sea que estuviera del otro lado de la muerte. Los agónicos gimen, se agitan, lloran: temen a que todo lo que se ha dicho sobre el cielo y el infierno sea mentira. O que sea verdad.

Cuando el hombre al fin se quedó inmóvil, la boca desencajada y los ojos muy abiertos, como si le hubieran contado algo graciosísimo, Marta se levantó muy despacio, abrió la puerta, recorrió los salones, salió al patio y con toda la teatralidad del mundo se tiró al suelo y chilló y chilló y chilló hasta que vinieron todos los vecinos. Se tapaba la cara con las manos, no había llanto. Estaba iluminada como un astro. María escuchó el grito y el corazón se le paralizó. Luego cerró los ojos, infestados de lagañas, y los volvió a abrir muy despacio como un recién nacido. Y como un recién nacido empezó a berrear llamando a su hermana.

A los cuatro días, cuatro, apareció por el pueblo el amigo, el santo hombre, y entonces Marta tuvo que fingir, decir no, no, no, y llorar su llanto sin lágrimas por el hermano muerto. Si hubieras estado aquí, le dijo porque no se le ocurrió otra cosa. Si hubieras estado aquí. Pero sabía que esas palabras eran tan ridículas como un pésame, como una plegaria. Lo que fue, fue. Lo que es, es. Entonces el amigo, el santo hombre, pidió que lo llevaran al sepulcro y ahí lo dejaron, de rodillas, llamando al muerto como se llama a alguien desde el portal de su casa, como si al otro lado de la piedra quedara todavía alguna vida para escuchar.

Marta se encogió de hombros ante semejante insensatez y volvió a su casa, a la fiesta de su hermana libre, a la vida.

Esa noche, mientras Marta y María cenaban cordero, un golpe en la puerta las sobresaltó. Debe ser el viento. El viento en esta época, tan terrible. Siguieron comiendo hasta que Marta y María al escuchar el gemido de la puerta levantaron la cabeza y vieron que cedía a la presión de una mano. Se abría.

Primero entraron las moscas y enseguida el hermano muerto, rodeado de un olor nauseabundo. Abría y cerraba la boca, como llamándolas por sus nombres, pero ningún sonido, nada más gusanos, salían de su boca desdentada.

ALI

LA NIÑA ALI ERA RARA, rara hasta en la generosidad. Ella no nos daba, por decir, la comida pasada o la ropa vieja. Nos daba lo bueno. Lo mismo que ella comía o vestía. Bueno, la ropa suya nos quedaba grandísima, pero la mandaba a arreglar antes de dárnosla. Y cuando viajaba nos traía ropa nueva, carteras, maquillaje, regalos, como si fuéramos parientes de ella y no las muchachas. La niña Ali era así. Mandaba a pedir comida y nos preguntaba qué nos provocaba porque, como ella decía, algo podía no gustarnos, caernos mal, ¿no? Nosotras nunca habíamos pensado en eso. Las señoritas mandaban a ver cualquier cosa para uno y tocaba comer nomás. O, por ejemplo, cuando íbamos al supermercado nos daba su billetera. Así, en las manos, la billetera. O sea que era rara, pero rara buena. Ay, niña Ali, usted sí que es, le decíamos. Las otras chicas nos contaban que las señoras les daban las frutas ya pasadas, la carne medio sospechosa, los aguacates negros, que nomás servían para el pelo, o los zapatos con el taco abierto, los pantalones con la entrepierna desollada, las cremas que ya habían soltado agüilla. Eso, porquerías. Igual: gracias niña, sí, muy bonito, muy rico, niña. Y también les revisaban las carteras y las fundas al salir y a veces hasta debajo de la falda por si se habían metido algo de comida en el calzón. Y les decían si ustedes no fueran tan ladronas, nosotras no tendríamos que andar de policías con todas las cosas que tenemos que hacer. Decían todo eso sobándoles ahí abajo o cacheándoles las piernas por encima del pantalón o haciéndolas vaciar la cartera en el suelo.

Las otras chicas decían con envidia: así que la gordita es bien buena, ¿no? Las gordas son más buenas. Ojalá yo encontrara una gorda. Esas flacas son súper miserables. Y son malas. Y solo andan pensando en cómo adelgazar, se toman esas pastillas. Marlene, ¿dónde están mis pastillas? Ya se las llevo, niña. ¿Qué nomás tendrán esas pastillas? Como loca anda esa señora, con los ojos que se le salen, lechuza parece. Uy, la mía a veces, cuando va a tener un compromiso, se pasa días nada más con queso de dieta y agua mineral y si le dices buenos días niña te saca los ojos y si no le dices, también. La mía vomita: se pide una *pizza* familiar, chocolates, papas fritas, se encierra, se come todito y después la oigo que vomita y vomita. La pobre Karina, la muchacha que limpia, es la que tiene que limpiar ahí todo eso y ni un gracias ni un nada. No pues, ¿no ves que nos pagan? El básico, pero nos pagan. Que los abuelos de ellas no pagaban a las muchachas, eran como quien dice los dueños. Se las traían de los campos, las mamás mismas las regalaban, y les daban casa y comida y gracias, patrón, papá diosito les bendiga y les dé muchos años de vida. Sonia trabajó con una que era borracha y tomaba pastillas y dormía todo el día y cuando se despertaba se ponía furiosa y le daba puro golpe a Sonia que se ponía en medio de ella y de los niños. Cuando la botó, cómo lloraba esa Sonia, porque, ay, esa mujer adoraba a los niños, dice que lloraban esas criaturitas, no te vayas Sonita, no nos dejes aquí solitos, Sonita. Y el bebito berreaba como si lo abandonara la madre, un dolor, porque la Sonia era en verdad la mamá de ese niñito. Sí, eso aquí al lado, en la urbanización esta de aquí al lado, la del lago. El señor tenía un cargo bien importante en el gobierno, con el alcalde, no sé cómo. Y después con las amigas: todo perfecto, todo divino, todo soñado. Esas risitas, ¿no? Tapándose la boca. Esas caras que ponen, más falsas, con esas porquerías que se inyectan que vienen como espantadas, más parecen de plástico esas mujeres, los ojos abiertotes, los labios así de sapo. Andan hinchadas, feísimas, como si les hubieran echado la malilla, pero pagan un billetote por eso. En las fiestas contratan saloneros con guantes blancos. Ha de ser para que no les toquen con las manos morenas la vajilla blanca y ponen unos manteles que valen más que lo que nosotras ganamos en un año. Y llenan esas mesas de ese pescado crudo de colores pastel. Y ponen flores por toda la casa. Y se bañan en perfume. Para ocultar el olor a vómito ha de ser. El olor a pijama y sábanas sucias, cagadas, menstruadas, pedorreadas, de cuando no se levantan en varios días. Nadie las ve así, cuando uno tiene que ir, despacito: ¿niña? Es el señor por teléfono, que quiere saber si usted ya se levantó. Dígale que sí, que estoy en el baño. Que nadie me moleste, Mireya, vaya con el chofer a recoger a los niños y les da de comer y por dios que aquí no entren, ¿me oyó? Y los chicos ya ni preguntan por la mamá. Al principio sí, pero después ya solitos van a la cocina. Y te cuentan sus cosas, su fútbol, sus exámenes, sus amigas y amigos, lo que les va bien y lo que les va mal. Las cosas que se les pasan por la cabeza y por el corazón y tú también les cuentas y al final son como tus hijos. Van creciendo en la cocina, comiendo con uno, hasta que se hacen grandes y ya les parece raro quererte tanto aunque en el fondo saben que la mamá fuiste tú y te ven un día y no saben si ponerse a llorar y correr a tus brazos como cuando se caían de pequeñitos o saludarte con la cabeza porque ya son unos señores y unas señoritas de sociedad que saben que no se saluda a los empleados con besos ni abrazos.

¿La gordita era buena madre entonces?

Sí. La niña Ali era una madre excelente hasta un poco antes del final. Entonces se le cruzaron los cables y ya no podía, ya no. Al Mati no era capaz de tenerlo cerca ni de tocarlo. Nosotras no podíamos creerlo, una criatura así, como un niño dios, con esos ricitos dorados y esa carita redonda, un ángel, corriendo a abrazarla y ella con una voz ya rara, demasiado chillona, como cuando pisas a una rata, nos llamaba a gritos. Como si estuviera en peligro de muerte. Por la criaturita. Su bebito. Alicita ya era más grande y esa niña siempre fue bien inteligente, una lanza, vivísima. Con esos ojotes azules que se daban cuenta de todo. Qué bestia los ojos de esa niña, era como si te mirara todita por dentro. Parecía haber visto en su mamá una cosa fea porque enseguidita supo. A la primera. Nomás ya no entraba al cuarto donde estaba ella. Dejó de pensar que tenía mamá: ya se veía como una niñita huérfana, jugando sola y encargándose del hermanito que daban ganas de morirse de la pena de verla, tan seria, vistiéndolo o diciéndole que dejara de llorar por tonterías, que creciera. Y el joven, bueno, el joven hacía lo que podía con su gordita loca, salía a trabajar como todos los señores de la urbanización, todos a las ocho en punto, todos con un carro cuatro por cuatro, todos con camisa y pantalón planchados por nosotras. Y esa cara de triste que partía el alma. Él también ya se sentía viudo, con sus niñitos de madre loca. La niña Ali, desde que le empezó el telele, la loquera, dormía en el cuarto de huéspedes y nos pedía que le lleváramos la comida a la cama. Apenas veía al joven. Cuando se topaban por la casa, ella le decía qué fue y él intentaba abrazarla, pero ella no lo dejaba, daba su gritito de rata aplastada y se volvía al cuarto de huéspedes y él se quedaba afuera, parado sin hacer nada, un buen rato, a veces con la mano en la puerta. Nos daba pena el joven. Nos daban pena todos, la verdad. La niña Ali olía mal, la pobrecita. El Mati no dormía bien por la noche. Alicita casi no hablaba y el joven no sabemos, trabajaba hasta tarde y nos decía gracias, gracias. Cuando venía la mamá de la niña Ali, la señora Teresa, eso sí era terrible. La obligaba a bañarse, a cortarse las uñas, a depilarse, a lavar toda su ropa, a airear el cuarto. Los gritos se escuchaban en toda la urbanización. Venía el chofer de la señora Teresa a ayudar a levantar a la niña Ali y la presencia de ese hombre la volvía loca como si fuera el mismo diablo. Todos terminábamos rasguñados y mordidos y llorando porque la niña Ali cuando veía a ese hombre se trastornaba, se volvía un toro aterrorizado, cien kilos de masa enfurecida. Prácticamente había que amarrarla para llevarla al baño. Cuando el chofer se iba, la niña Ali parecía tranquilizarse un poco y si nosotras nos dábamos cuenta no entendemos cómo la madre, la señora Teresa, no, y traía siempre al hombre con ella. Nosotras habíamos prohibido al chofer y al jardinero y al limpiador de ventanas y al chico que traía la comida del supermercado y al profesor de natación de Alicita y a cualquier otro trabajador que entrara a la casa cuando la niña Ali estaba despierta porque ya habíamos visto lo que le pasaba con los varones. Niña Ali, ¿qué le pasa? ¿Qué le pasa? ¿Qué le pasó?, le preguntamos las primeras veces, cuando le empezaron los ataques y ella a veces no sabía de qué le hablábamos y a veces decía cierren, cierren su puerta, no se duerman con la puerta sin seguro, cierren a mi hija, ciérrenla bien, que nadie tenga la llave de mi hija, enciérrenla, y se ponía a probar cien veces el seguro de la puerta de su cuarto. Pero la madre no. Que dios nos perdone, pero esa señora parecía ciega, bruta. Ni siquiera hablaba con la niña Ali. Solo venía por lo de la pierna y solo preguntaba por la pierna, pero cualquier tarado se hubiera dado cuenta de que el menor problema de la niña era la rodilla, la caída tonta que tuvo en la piscina y los frascos y frascos de calmantes para el dolor que empezaron a darle, unos recetados por el médico y otros no. Nosotras, en la cocina, hablábamos de buscar a otros doctores, doctores de la cabeza, de los loquitos, pero ¿quién iba a escuchar a las muchachas? La niña ya no era la misma persona y cada día menos. Nomás nosotras parecíamos verlo. No era la pierna, ¿por qué seguían hablando de la pierna? ¿Por qué se quedaban en la pierna, en la pierna, en la pierna? La pierna mejoraba, pero ella, ¿quién era? Ella era de meter a sus hijos a la cama y ver películas y comer *pizza* o dibujar o jugar con plastilina o inventarse obras de teatro o llevarnos a todos a comer hamburguesas o de hacer día de los disfraces. Ella era de cuidar sus plantas, de desayunar cereales de colores como sus niños y de mirar al Mati dormir y luego decirnos ¿se imaginan que yo pude hacer algo tan precioso? Ella no era esa mujer que le huía a su marido y a sus hijos, monstruosamente gorda, que apestaba y que abría y cerraba el seguro de la puerta cuarenta veces al día. No, esa no era nuestra niña Ali. Un día vino el papá, don Ricardo, sin avisar. Nosotras abrimos la puerta, preguntó por la hija y le dijimos que en el cuarto de huéspedes. Fuimos a la cocina a prepararle el café que pidió cuando escuchamos el portazo en la puerta principal. Corrimos al cuarto de la niña y ahí estaba ella: los ojos como platos, una mano agarrada a la sábana bajo el cuello y la otra a una tijera de uñas. Apuntaba hacia la puerta. El brazo le temblaba desde el hombro. ¿Niña? Empezó a gritar. Que se vaya, que se vaya, que se vaya. ¿Quién? ¿Su papá? Ya se fue, niña linda. Que se vaya. Cierren la puerta, por favor, que no vuelva a entrar. Cierren todo, pongan seguro, que no se acerque a las niñas, que no se acerque a Ali, que yo sí veo, yo sí veo y yo sí oigo y yo sí sé. ¿Qué sabe, niña? ¿Qué ve? Empezó a gritar que le dolía. ¿Qué le duele, mi niña linda? ¿Dónde? La tijera siempre apuntando hacia la puerta. Y entonces lo hizo, fue rapidísimo: cogió la tijera y se rajó desde el pelo hasta la quijada. Nunca habíamos visto tanta sangre. La carita de nuestra niña abierta como carne fileteada. Vinicio, el chofer, escuchó los alaridos. La subimos al carro y la llevamos a la clínica. En el camino, llamamos al joven. Ay, ese joven. Esperamos las noticias en la casa, con los niños. Alicita no preguntó nada sobre su mamá. Ni una palabra. Le dijimos que había tenido un accidente y ni nos miró. Ella volvió peor. Los vendajes de la cara le parecían insoportables, quería verse, se los intentaba quitar a cada rato, así que le pusieron vendas también en las manos y quitaron los espejos. Escuchamos de las amigas de la madre que los médicos decían que no era bueno que se viera todavía, que primero había que seguir un tratamiento, cirugías plásticas, porque la herida era muy fea, muy morada, que tenía piel queloide y además eso le atravesaba toda la cara, de la frente al cuello y que era un milagro que no se hubiera reventado un ojo. Escuchamos también lo de accidente. Lo de sin querer. Lo de que estaba medio dormida, que siempre fue sonámbula, desde chiquita. Sonámbula. A nosotras nadie nos preguntó qué había pasado porque si alguien lo hubiera hecho, habríamos dicho que esa niña cogió esas tijeras y se las clavó y las arrastró para abajo como si quisiera borrarse la cara y que estaba buena y sana, despierta, y que el papá acababa de estar en su cuarto y que ella estaba aterrorizada con ese señor y que pedía que alejáramos a las niñas de ese señor y que a quien quería clavar las tijeras era a ese señor. Pero todos dijeron sonámbula y la opinión de las muchachas no importa, así que nos dedicamos a darle de comer con sorbete a la niña Ali y a arreglarle la almohada y a procurar que esté cómoda y tranquila, a cuidar a los niños y al joven, que era como una almita en pena, a regar las plantas de la niña Ali, a darle cariño a Alicita, cada día con el corazón más sequito, a contestar el teléfono y decir sí, señorita, bien, no, ahorita está dormida, sí, señora Teresa, hoy mejor, sí, ya almorzó, un puré de zanahoria, sí, joven, sí, no se preocupe, aquí estamos nosotras, no hay de qué, hasta luego, ya señorita, yo le digo. Cuando venía la madre, la señora Teresa, la niña se daba la vuelta hacia la pared y ahí se quedaba a veces toda la tarde. La señora traía a las amigas para no aburrirse, aunque estaba clarito que a la hija no le gustaba que viniera gente: metía la cabeza debajo de la sábana y ahí se quedaba, como amortajada. Nosotras no parábamos de hacer café, servir vasos de agua, refrescos dietéticos, de dar galletas y encargar postres a la cafetería del centro comercial. Las amigas de la señora Teresa capaz que creían que hacían bien visitando a la niña Ali y cotorreando y chismorreando sobre todo el mundo, pero nosotras a veces entrábamos y la veíamos, inmóvil, desgraciada, como un animal atado o a veces con embarrones de lágrimas por donde no le tapaba la venda la carita. Cuando se iban todas esas señoras, qué alivio, había que ventilar todita esa casa de laca de pelo y perfume. Nosotras éramos como renacuajos tratando de respirar, abriendo y cerrando la boca. La casa, por fin, se vaciaba como de un líquido gordo, como si fuera, por decir, una pecera con esos pescados raros: uñas pintadas y pelo de peluquería y accesorios dorados. Se iban. Volvíamos a ser como antes. La niña Ali salía de debajo de la sábana y nos pedía algún postre que hubieran dejado. Nos reíamos y comíamos postres y parecía que recuperábamos a nuestra niña Ali hasta que nos cogía la mano y nos decía muerta de miedo: ¿sirve el seguro de la puerta? ¿Y el del cuarto de Alicita? Y nosotras le decíamos que sí, que claro, y le acariciábamos el pelo seboso y ella nos decía que la cuidáramos y se dormía hasta que venía la primera pesadilla. En las pesadillas la querían desnudar. En las pesadillas alguien la obligaba a hacer cosas que ella no quería. En las pesadillas ella ponía seguro a todas las puertas. En las pesadillas había siempre un adulto con un juego de llaves. Por esos días, el joven se llevó a los niños donde su mamá porque pasó eso de la niña Ali con Alicita. La verdad es que nosotras seguimos creyendo que ella no iba a hacer nada malo, que quería ayudar a su hija, enseñarle, pero el joven llegó y justo las vio ahí en el baño a la niña Ali con la hijita desnudita y con esa cosa plástica que era como un pito de hombre grande y el joven se puso loco, le gritó y le pegó, le dijo loca de mierda, qué haces, loca de mierda, gorda loca, estúpida, sucia, te voy a meter a un manicomio y ella nomás lloraba. Eso dicen que oyeron las chicas de la casa de al lado porque nosotras no estábamos, era domingo. Así que el joven se llevó a los niños en pijama, de noche, a la casa de la mamá. Ahí sí la niña Ali ya no levantó cabeza. Vino la madre a quedarse y la niña ya no habló más. Cuando estábamos solas, a veces abría los ojos y preguntaba por Alicita. Nosotras le decíamos que estaba bien y nos pedía verla. Entonces se ponía a llorar y la mamá nos mandaba a darle la pastilla. Un doctor amigo de la mamá le había dado unas pastillas que la dejaban babeándose y con los ojos en blanco. Nosotras creíamos que era mejor que llorara porque parecía que la niña Ali tenía muchísimo que llorar, una vida entera, pero la mamá le daba las pastillas como caramelos. A cada ratito. Nos daba pena verla así, tan hecha monstruo. La herida que le atravesaba la cara como un gusano morado, la gordura tremenda, las babas, los ojos idos, las batas blancas que le había traído la madre de Estados Unidos y que, dijo, eran para que la vean siempre limpia. Los días fueron pasando. Y los meses. Llegó Navidad. Sí. Eso fue lo peor, en Navidad. La niña Ali estaba un poco mejor, se levantó, fue a la cocina, desayunó cereales y nos dijo que quería comprar regalos, así que nos imaginamos que quería recuperar a sus hijos, a su marido. Nos pusimos contentísimas y la dejamos sola un ratito para ir a vestirnos para ir al centro comercial. Cuando volvimos, ella se había metido al baño y había cerrado con seguro. Escuchamos caer el agua mucho, demasiado rato. ¿Niña Ali? Tocamos la puerta. ¿Niña? Fuimos a buscar las llaves y al volver ahí estaba ella, envuelta en una toalla, con el pelo empapado, largo y lacio, pegado a la espalda. Nos sonrió. ¿Qué pasa? El centro comercial era una locura: villancicos, gritos de niños y cientos de personas. Nos preocupamos, la niña Ali llevaba meses sin salir de la casa, pero salvo una pequeña cojera y la gordura tan enorme, nadie hubiera dicho que a esa mujer le pasaba algo extraño, que se vivió lo que se vivió. Así es, ¿no? Uno ve gente y no sabe lo que ha pasado detrás de la puerta de su casa. Casi enseguida nos miró y nos dijo que tenía que comprar unos regalos importantes para unas personas importantes y que esas personas no podían ver esos regalos, así que tendríamos que separarnos un ratito. Todo parecía ir bien. Ella guiñó un ojo, sonrió, llevaba su cartera, ropa deportiva, zapatos rojos de correr. Parecía una chica normal, la misma niña Ali de siempre que se iba a la quinta planta a comprarnos quién sabe qué. La vimos subir en el ascensor y sonaba la música navideña y parecía de verdad que toda la locura se había acabado, que ella iba a ser mamá de sus hijos y mujer de su marido y que ese era el milagro del Niño Jesús porque nosotras habíamos rezado tanto y dicen que Dios escucha más a los pobres porque quiere más a los pobres, así que para algo tenía que servir la mierda de ser pobre, para recuperar a la niña Ali, para que se acaben sus pesadillas y las de todas. La vimos asomarse al balcón de la cafetería de la quinta planta y entonces supimos, enseguida supimos, hay algo que te dice, no se puede explicar, que lo horroroso va a pasar. Varios gritos al mismo tiempo, el ruido de un cuerpo que se destroza, como si lanzaras un saco de vidrio, piedra y carne cruda, un lado del cráneo de la niña Ali machacado, como derretido, más gritos, un grito que sale de dentro tuyo, un grito que es como una cuchillada, el grito del corazón y de los pulmones y del estómago y la niña Ali ahí, como una muñeca grandotota despernancada, una posición inhumana, como rellena de lana en vez de huesos. Nosotras nos quedamos ahí, paradas, con la mano en la boca, hasta que vinieron los médicos, la policía, el joven, la señora Teresa, don Ricardo y alguien nos empezó a sacudir para llevarnos a la casa a atender a toda la gente que enseguida empezó a llegar loca por saber por qué, cómo, y la señora Teresa, con un pañuelito en la mano, decía accidente, terrible accidente, suelo mojado, ella estaba inestable, ya sabes, la rodilla, pero insistió en salir porque era una madre maravillosa, claro, claro, decían las amigas, y quería comprarle regalos a los niños. Qué horror, sí, un accidente, pobrecita mi gorda, decían las amigas. Pero, cuando la señora salía del cuarto, alguna leía en el teléfono la noticia de *La suicida del centro comercial* y las otras escuchaban, las manos llenas de anillos tapándose la boca y los ojos abiertos sin pestañear. Otra señora dijo bajito que alguna vez escuchó que había algo raro en esa casa, que el hermano a la hermana, que el padre a la niña. Las otras la mandaron a callar con violencia: no repitas esas estupideces. En el entierro, una señorita del cementerio repartía rosas blancas para que los seres queridos de la niña Ali las pusieran sobre su ataúd. Cuando pasó junto a nosotras, nos saltó y le dio rosas a unas señoras muy elegantes con gafas negras grandotas a la que nunca habíamos visto. Al día siguiente del entierro, don Ricardo, el papá de la niña Ali, nos dio cien dólares, los días del mes trabajados, dijo, y, antes de irnos, la señora Teresa nos revisó las carteras y las fundas por si nos estábamos robando algo. Ahí donde no nos revisó llevábamos el anillo de matrimonio de la niña, su reloj tan bonito y un collar de perlas que nunca se puso. No nos dijo adiós, ni gracias. Detrás de ella, Alicita nos miraba con esos ojos azules tan inmensos, tan inteligentes, tan asustados. Los mismos ojos, igualitititos, a los de su mamá.

Coro

Hay un tiempo para hablar y otro para hacer. Hace mucho que estas mujeres renunciaron a lo segundo. El chisme pasea como un fantasma por cada una de sus habitaciones interiores. Las alfombras ya no están de moda, así que en el suelo de porcelana se reflejan los relojes, los apliques de los bolsos, las manicuras francesas, los dientes que, de tanto asomar, parecen amenazantes. Besos, cumplidos, besos, cumplidos. Una mirada de arriba abajo a quién ha engordado, envejecido, elegido mal la ropa: suele ser la misma persona. La casa nueva de María del Pilar, Pili, es todo lo que se espera de ella: enorme, climatizada, monocromática, cara. Tal vez más grande, pero igual a la de las otras. Aun así, se hace el recorrido, una conga de halagos, por los cuartos que huelen a sintético, a nuevecito. La ropa de cama, de percal blanco, alguna línea gris, comprada toda en Estados Unidos, el *walking closet* es un catálogo, la gracia de que el baño, gigantesco, tenga dos espejos, dos lavamanos, dos retretes, dos bañeras.

–¿Ya la hiciste bendecir?

La pregunta no hace ninguna gracia a María del Pilar, Pili, que piensa que ahora es momento de efervescer en alabanzas, su momento, así que se vuelve a Verónica y le dice muy lento que no, que todavía no y la sonrisa se le queda plastificada en la boca, como si le hubieran dibujado una sonrisa por encima de la mala cara. Verónica dice que una casa sin bendecir es como un bebé sin bautizar, que es más vulnerable al mal de ojo. Se da cuenta de que la miran con desprecio y recula: yo no creo en esas cosas, ya saben, pero eso dicen. Pronuncia las palabras con un falso acento de la calle que hace sonar eso como esho y dicen como dishen. Todas ríen, se burlan, imitan a Verónica imitando el acento de la calle: ya entonces, según Verónica tienes que poner un atado de sábila y cinta roja sobre la puerta. Y una herradura. Sí, y un espejo chino al lado para que se reflejen los malos espíritus. Y quema palo santo para hacer sahumerios –shaumeriosh–. Y barre para afuera. Y elefantes. Y velas blancas. Y escupe aguardiente. Y pon un buda con una fuentita de agua. Y un altar con velas en la entrada. Y prende inciensos –inshienshos–. Y amárrate una cinta roja con una piedra en la muñeca, que Verónica te va a ojear, ¿no ves que ella es medio bruja? Es bruja y media.

Verónica también ríe. Las cosas no han cambiado desde el colegio: la que es más morena, de origen extranjero o más dudoso, hija de padres divorciados, que tiene que compartir cuarto con la hermana; la que es, en definitiva, distinta, tiene que ganarse el derecho a una silla. Algo de bufón, de esbirro, de carroñero. Es fundamental que las haga reír con las cosas del populachado y que en ese populachado esté incluida ella misma: que sea un poco menos aristocrática, que esté dispuesta a hacer favores, incluso alguna que otra cosa doméstica cuando no hay suficientes muchachas y que, importantísimo, descuartice en primer lugar a la víctima elegida. Sí, que sea ella la que diga el nombre y el apellido, cómo, dónde y con quién. Es decir, mojarse la cara y las manos con la sanguaza y dejar despellejado y eviscerado al animal, al conocido, a la amiga que no está presente, para que las otras picoteen con palillos, el meñique enhiesto, el buen chismecito crudo.

Esa ansiedad tan disfrazada de desdén es un poco de opereta, pero ellas no se dan cuenta. Hablan y desgarran con fauces que limpian con lino a una que ha sido infiel, a un niño fuera del matrimonio, a un gay en el armario, a la que estrena cirugía plástica, a un marido en bancarrota, a la que ha subido tantísimo de peso, y no lo sueltan hasta que queda exangüe, vacío, puro pellejo, en el suelo de porcelana. Entonces se lo, se la, lanza a la pila de cadáveres que hay en todos esos salones climatizados. Pasan al siguiente. Esto se llama cafecito, inauguración de la casa, cumpleaños, piscinazo, velorio. Esto se llama reunión.

Ellas no se ven a sí mismas, pero si pudieran, si realmente existiera la posibilidad del desdoblamiento y pudieran mirarse, sentadas en esos sofás tan blancos, rodeadas de tanto lujo, devorando a la mujer que saludan tan cariñosamente en el supermercado, al mejor amigo del marido, al compañero del colegio de los hijos que no se comporta como un hombrecito, se cortarían la lengua, tendrían que hacerlo, y luego ponerla a secar como el cacao y llevarla al cuello: un colgante, un recordatorio de la propia podredumbre. Pero las cosas siguen igual. La gente no es capaz de verse a sí misma y ese es el principio de todos los horrores.

Verónica siempre fue la aceptada con condiciones en el grupo, la de la manga larga para ocultar unos brazos muy peludos, más morenos, la que en las vacaciones estuvo en casa de los abuelos y no en un internado a diez mil kilómetros aprendiendo francés, la que a veces repetía vestido y todas la veían en las fotos con el mismo vestido en dos o tres fiestas y no decían nada, pero sabían que alguien que repite ropa tiene una función en el grupo: esforzarse por divertirlas. Ahora, la noche está complicada porque del suicidio de la gordita del centro comercial ya han pasado unos meses y no hay novedades, del embarazo de la que fue compañera del colegio y de la paternidad de esa criatura y de que llevaban años siendo amantes y de que pobre la esposa, pero también qué tarada si lo sabía todo el mundo, se habló hasta la extenuación física, así que después de un repaso general, todas empiezan a ponerse nerviosas y a mirar al techo porque no hablar de los demás significa tener que hablar de una misma y después de mostrar la casa hasta el patio y el área de la piscina, de alabarse la piel, el pelo, las sandalias, las bellezas de collares que hace una sobrina, las tartaletitas de salmón ahumado, no queda mucho que decir de lo que se puede decir.

Alguien tiene que romper ese silencio, ese silencio que tal vez dura un par de segundos, pero que atraganta como un océano embutido a la fuerza en la garganta. Algo de lo que no se debería hablar, y todas tienen de eso, podría escaparse. Además, el silencio no es bueno porque da un margen para pensar en que estar juntas, una tarde de amigas, consiste en trinchar y descuartizar a otra gente, en empalizarla frente a tus ojos para observar sus porquerías y que este mismo gesto, el de buscar la siguiente víctima, se está repitiendo detrás de decenas de puertas gigantescas, dobles, de nogal o metalizadas. Son exactamente iguales. Hay otras mujeres, en otros salones, quizás pensando en tu historia, en ti. Hay otras mujeres con tu nombre en la boca.

Natividad Corozo, Coro, como la bautizó quién sabe qué empleadora hace quién sabe cuánto tiempo porque no le gustaba el nombre Natividad y porque qué carajos, es mía, le puedo poner como quiera, entra en la sala con la discreción de una lagartija, incompatible para una mujer de su envergadura, de su planta. Una incongruencia de la naturaleza solo explicable por años de años de trabajo doméstico que van, como los zapatos que atrofiaban y rompían los pies a las niñas chinas, creando deformidades tan extrañas como que una mujerísima como Natividad Corozo pueda resultar invisible. Se acerca a María del Pilar y le dice algo al oído. Ella da un soplido de impaciencia y le pide que le traiga la cartera. Después se disculpa con las amigas: que mi marido no le ha dejado pagando, claro, salió tan rápido, él, tan pensando en otra cosa, él, y Coro ya se tiene que ir o no sé qué. Perdón chicas, cosas de empleadas. Coro vuelve. Una efigie africana vestida con un uniforme blanco, de tela burda y mal diseñado, que se le abre en el pecho y que parece reventar en las caderas y las nalgas, mientras que en la cintura se pliega por todos lados. Lo único que ninguna señora le ha podido quitar en más de treinta años de servicio doméstico es el pañuelo rojo en la cabeza. La amenaza se emite enmascarada por un es por su bien: ay señorita, es que se me cae el pelo y a veces, cuando estoy cocinando, si no llevo el pañuelo, van a parar estos pelos míos tan negros a la olla. A Coro, por supuesto, no se le cae el pelo.

María del Pilar no tiene suelto y todas rebuscan en las carteras para cambiarle el billete. Finalmente no hay, todas tienen el mismo billete, grande, y eso les parece graciosísimo, de un gracioso tremendo, y Coro se va a su casa, a pasar el fin de semana libre del mes, con la mitad del sueldo y que vaya y gracias señorita.

Cuando Coro sale, todas hablan de ella, que si no es raro tener una mujer tan, ¿cómo decir?, negra, trabajando en la casa, que si no huele distinto porque ellos huelen distinto y que qué simpática con su pañuelo que parece la Aunt Jemima, la negrita de la marca de sirope para los *pancakes* y que qué moderna la María del Pilar dejando a la empleada ponerse accesorios, pero que queda bien, como exótico, y que cuánto le pagas y que qué barbaridad yo a la mía le pago más, ah, me está viendo la cara de boba, puede ser, y ahora estas dicen que hay que afiliarlas y pagarles vacaciones, enfermedad, todo eso y yo, no es que diga que no, porque son seres humanos, pero cómo, pues, ¿cómo se les paga? Es que es bastante. Sí. Es mucho. Ya mismo quieren que les demos masajes en los pies. Y pausa para el café. No pues, no puede ser, ¿qué? ¿Vamos a trabajar para pagar la empleada? No es justo, si uno tiene empleada es porque la necesita y yo a la mía la trato superbién, le doy ropa, ropa para los hijos, la comida, el cuarto, sus cosas de aseo, o sea, todo, ¿a mí quién me da? Nadie. A mí nadie me regala nada y yo estoy que doy, doy y doy. Sí, es verdad, encima que uno tiene una para cada cosa, no es que les da todo el trabajo, uno es humana, que yo tengo una que me viene a planchar y la otra que cuida a los niños. Demasiado consentidas están estas mujeres, mira a la tuya que hasta su lindo uniforme le das, pero como está tan gorda los rompe todos.

La luz automática del patio salta mientras alguien cuenta otra vez la anécdota de que no sé quién encontró a una de sus muchachas durmiendo la siesta y le echó un vaso de agua en la cara y la chica ni se despertó del todo, se dio la vuelta y le pidió cinco minutitos más. Qué molestia, la luz automática tan sensible, salta por todo y como en esta tierra hay tanto bicho, tanto animal, se dispara a cada rato, no se puede ni dormir. Todas tenemos ese problema que es terrible. La luz se apaga y al rato se enciende de nuevo. Pasa siete veces, habrá que salir a ver. Salen todas muertas de la risa de los cocteles y la aventura: salir al patio a ver qué hace disparar la luz automática. María del Pilar agarra el recogehojas de la piscina y lo empuña como una lanza. Es graciosísimo todo: las sandalias de plataforma, el conjunto de lino claro, la mano con anillos, el recogedor como arma. Alguna toma fotos. Dando bandazos, un rabo extraño, que termina en punta, se esconde en el césped. Es una rata. Es una culebra. Es una iguana. Rata. Iguana. Culebra. María del Pilar, dispuesta a descabezar con el recogehojas a cualquier ser vivo, mueve las plantas para que el bicho salga, pero no sale nada. Qué aburrido. De pronto por allá se mueve algo. Cazadoras, van. Una hilerita de señoras que vistas desde muy arriba parecerían una procesión de hormigas rubias. La cosa se ha metido en el cuarto de la empleada. Entran.

Primero, el olor. Allí huele a monedas muy usadas, a moho, a curtiembre de cueros viejos, algo agrio, guardado húmedo en un armario del trópico. El cuarto es el armario. No hay ventanas y mide lo que un autobús. El retrete está tan cerca de la cama, separado por una cortina de corazones de las de ducha, que alguien cagando y alguien durmiendo podrían estar tomados de la mano. Un calendario con una foto de pollitos en la pared izquierda y en la derecha un espejo sin marco, en el techo una bombilla sin lámpara. El *tour* no suponía llegar hasta ahí, pero la excitación las infantiliza y, sin decirlo, deciden ser lo que no suelen ser:

otras. Abren cajones, se ponen la ropa de Coro, de Natividad Corozo, por encima, alguna se mete un almohadón dentro del pantalón y baila moviendo sus nuevas nalgas, otra coge una camiseta roja y se la pone como pañuelo en la cabeza, se toman fotos imitando a Coro. Esta brota los labios, la de allá finge que barre, la otra que limpia el espejo, la de las nalgas postizas imita a una negra, lo que ella cree que es imitar a una negra, exigiendo el sueldo completo con las manos en las caderas porque se va de fin de semana a bailar salvaje y a comer coco. Qué gracioso es todo.

De entre las cosas que mueven cae al suelo un insecto peludo, grande, algo así como una tarántula. Salen todas gritando, empujándose, niñas borrachas corriendo asustadas y también sonrientes. Tiran los vestidos de Coro, de Natividad Corozo, al suelo, a la piscina y también, por qué no, a Verónica que ha permanecido afuera, de brazos cruzados, por no querer participar de eso o por vigilar la entrada. Las risas ya son aullidos primitivos. Verónica sale a la superficie a tomar aire y una de ellas le vuelve a hundir la cabeza. No es ahogarla, es divertido. La luz automática, con su pilotillo de lucecitas rojas, como dos ojos, se prende y se apaga sin descanso. Las palmeras proyectan sombras que se mueven: monstruos nadando en la piscina. En el club, porque suena lejos, hay una fiesta y es la hora de los ritmos tropicales. Todo parece participar del vicio. En el fondo de la piscina, Verónica ve el mismo rabo de antes, ese filudo rabo negro, meterse por el filtro. Cada vez que trata de salir a tomar aire, alguien le hunde la cabeza.

María del Pilar, con el recogehojas, vuelve a entrar al cuarto del servicio y empieza a aplastar salvajemente al bicho que está en el suelo. La bombilla, a la que ha dado un golpe, baila de derecha a izquierda y de izquierda a derecha. Tal vez ya lo estaba, pero seguro que después de treinta palazos está muerto. Mientras mata al animal piensa que es la primera vez que lo hace, matar, que siempre se encargaba de cosas así su padre, su empleada, su marido. Pero el padre está muerto, la empleada se fue y el marido está quién sabe dónde con ella sí sabe quién. Pero seas como seas no se necesita nada para matar, solo una enorme voluntad de hacerlo. Escenas del marido sentado, de piernas abiertas, con esa mujer chupándole el sexo, el sonido, el chapoteo desesperado de la felación, se mezclan con el olor a polvo, cera caliente y cítrico podrido, con la visión de los pollitos del calendario, con su propia cara, roja, salvaje, desfigurada por la ira, en el espejo sin marco.

Afuera las chicas juegan. Verónica trata de nadar, pero la acorralan, son muchas, en todas las esquinas de la piscina. Vamos, es tuya, cuidado por allá, que no se te escape. La luz automática, potentísima, como de interrogatorio, se va y vuelve, se va y vuelve, haciendo un ruido metálico y entre eso y el chapoteo apenas se escucha el gemido de Verónica que parece decir ya está, amigas, ya en serio.

María del Pilar ha destrozado la bombilla con el palo del recogehojas y usa el celular para iluminar a la araña muerta. Da un grito justo en el momento en el que alguna vuelve a meter la cabeza de Verónica en la piscina. Todas corren y se encuentran a María del Pilar horrorizada, mirando una cosa que tiene en la mano: es una muñeca hecha con pelo rubio, su pelo rubio, atada con cintas rojas en las que está escrito su nombre. La obligan a tirarla al retrete y desaguar. La abrazan, la consuelan, dicen brujerías, mentira, no creas en eso, pareces boba, todo eso es cuento de empleadas. Y María del Pilar llora a gritos porque ha mirado a su muñeca y su muñeca le ha devuelto la mirada.

Qué tonterías, Pili.

Salen todas. Van a volver a entrar a la casa, se van a tomar otro coctel y van a reírse de esto.

Se activa la luz como una guillotina. En la superficie del agua, abierta de piernas y brazos, el cuerpo de Verónica flota a la deriva.

CLORO

GRILLOS, HOJAS SECAS, sapos, papeles, fundas, envases, colillas, cucarachas de agua, caca de garza, murciélagos, flores, más hojas secas. A veces, una iguana muerta, flotando boca arriba como un crucificadito. Pescan. Ellos pescan. De cuando en cuando levantan la cabeza y ven una embarcación donde pescadores de verdad mueven agua de verdad –agua cruda, libre, sin domesticar– para sacar peces, no porquerías. Este pensamiento no pasa por sus cabezas. El río lo aguanta todo: es gris marrón, está sucísimo. La piscina, en cambio, es una piel de armiño en mitad de un lodazal. Inútil. Penosamente ensuciable. No terminan de sacar el último insecto muerto y ya hay una hoja seca. Sucia. Nunca deja de estar sucia. Todos los días hay que poner cloro. Cloro que se trae de Estados Unidos y que desinfecta el agua mejor que el nacional. Tres tazas de cloro. La taza al ras. Se lo repitieron veinte veces y pusieron tres papeles en el cuarto de la limpieza.

PARA LA PISCINA: TRES TAZAS DE CLORO «AL RAS».

Alguien, debajo de ras, dibujó una verga. En las tres hojas de papel. En este trabajo no se puede pensar. Pensar sería atraer a la locura. Hay que hacerlo y hacerlo aunque no se puede limpiar esta piscina de aguas turquesas porque nunca, jamás, nunca, van a estar inmaculadas. Te das la vuelta un segundo y ya hay un grillo, una flor, una colilla, un papel, una abeja. A veces, un pajarito muerto, de esos amarillos que siempre van en pareja, con las alas abiertas y el otro pajarito en la orilla: la naturaleza incompleta.

Son tres hombres los que limpian el área de la piscina. Llevan uniformes blancos que sus mujeres lavan a mano, con cloro nacional, y que se ponen grisáceos, se percuden, por mucho que los frieguen hasta que los nudillos se les pelan, por mucho que los cuelguen al sol para blanquearlos. Entonces, reciben uniformes nuevos, cegadores, que se les descuentan poco a poco del sueldo. La piscina siempre tiene que estar como un espejito, aunque en todo este tiempo nunca se ha visto a nadie bañarse allí. Desde las ventanas del hotel, los turistas ven el río y la piscina, el pequeño ojo azul a los que tres hombres dedican las horas serias de su vida. En vano.

Grillos, hojas secas, envoltorios de caramelos.

Las vacaciones en estos países tienen eso, los contrastes. Una puede desayunar zumos de frutas que se llaman de la pasión en una mesa con mantel de lino crujiente, celeste de blanco absoluto, en la terraza de una *suite* nítida con una cama enorme y edredones de algodón nube y mirar, lánguida, el río, ese tren que no termina. Estos países son sucios, lo sabe, lo ve de camino: en los autobuses enlodados, en la cara de la niñita que pide monedas y cuya mirada no puede esquivar a pesar de las gafas, en la ropa polvorienta, casi sepia, de la gente que espera para cruzar en un semáforo, en el agua podrida acumulada en los baches, en las aceras. Pero aquí y ahora quién lo diría. La bata con el logo dorado del hotel parece la piel, tupida y nívea, recién enjuagada en un manantial helado, de un oso polar y allí dentro de ese abrazo una puede vivir la fantasía de que todo está bien. Es imposible que una piense en el fin del mundo cuando está en este baño tan puro, donde las toallas, nieve calientita, son peluches perfumados con eucalipto, donde la tina parece de estreno y el espejo solo refleja superficies hermosas, inmaculadas, deslumbrantes. Se hacen hasta innecesarias las pastillas porque todo está en su sitio, huele a limpio, agrada, y el pie se hunde hasta perderlo de vista en alfombras mullidas como cachorritos, de un vellón tan suave que dan ganas de llorar. La maleta ni abrirla, sería traer adentro la suciedad de afuera, su ropa interior, su pijama pantalón, sus libros, su neceser de plástico con un desodorante a medio usar, corrector de ojeras, protector solar, antiedades varios, cacao de labios, vibrador: nada de eso tiene lugar aquí. Hasta el cargador del teléfono, como una larga tripa negra, se vería espantoso en esa pared tan pulcra. No. Este es el nuevo mundo, la amnistía.

Se mira al espejo un segundo y tapa el reflejo de su cara con la mano. No debió haber hecho caso a lo del bronceado artificial. Se siente manchada, indigna del mundo que la rodea. Recuerda que su piel era del color de la madre perla, una cara tallada en alabastro puro, y ahora es un cartón rosa zanahoria. La sensación de estar haciendo el ridículo es tan inmensa que le da náuseas. ¿Cómo se puede sobrevivir sin el esplendor? Así se siente la soledad: la belleza era una compañía. Y su capa de invulnerabilidad y la garante de las caricias. No había nada que se resistiera. Eso es ser bella: que nadie te diga que no.

En la terraza pone una servilleta crocante, almidonada, sobre su regazo, la bata se abre un poco, asoman sus muslos, sus piernas teñidas, flojas como medusas, las venitas verdes que hace tiempo le dibujan autopistas, odiosas carreteras, de la ingle hasta los pies. Nada la asemeja a las mujeres de las revistas, del cine, tan incorruptas, iridiscentes mujeres de nácar. ¿Ella sigue siendo una mujer? Las frutas con forma de estrella sobre un plato resplandecen bajo el toldo blanco, también los destellos platino de la tetera. Son mórbidas la redondez del pan con ajonjolí, la leche que cae en serpentinas sobre el té, la mantequilla cortada en virutas, las fresas gordas, turgentes, rojo sangre. Abre la bata del todo y deja que el sol la bañe como una manguera. Ya es tarde para todos los demás tactos. El hombre que ha traído el desayuno sonreía mucho, sonreía. Hombre moreno vestido como soldadito de teatro infantil. Hombre moreno haciendo una venia diminuta. Pero la ha llamado *madame* de la forma en la que se llama *madame* a las abuelas y en sus ojos no ha visto ni una hilacha de deseo hasta que ha sacado el billete. Ya es invisible hasta para esos hombres, la última esperanza de su belleza vital: la mujer extranjera, insólita como la nieve, objeto precioso del deseo del otro. Es decir, lo que fue hasta no sabe exactamente cuándo, pero que ya no es ni, por supuesto, volverá a ser. Recuerda a un amante de piel chocolate en algún país de estos, recuerda su culo prieto, la espalda de madera oscura, la cabeza con tirabuzones infantiles, sobre la cama blanquísima de otro hotel como este. Recuerda el feliz abandono de tocar la superficie de un hombre como se toca la gamuza. Recuerda, también, la bestialidad de una embestida en cuatro, el beso de unos labios gruesos, la lengua sabor Coca-Cola. Abre las piernas apenas, se toca, está seca por dentro y por fuera. Un lirio cala abandonado en un florero sin agua, con los pliegues retorcidos y el pistilo gris, ya sin polen los estambres. Observa la bandeja tan simétrica, los capullos de rosa frescos que le han traído en un florero plateado, largo como un tubo, los platitos blancos con mantequilla y mermelada, la exquisita porcelana para el té. Lo mira todo buscando humedades, hunde el dedo medio en mantequilla y cuando lo tiene a la altura del ombligo se arrepiente. Piensa si chuparlo, pero se lo limpia con la servilleta de lino que en un segundo deja de estar impoluta. Siente asco al ver la servilleta manchada de grasa, le es imposible pensar en otra cosa que en la servilleta sucia, violentada. La lanza por el balcón y la observa planear hasta que cae a la piscina. Fantasea lo nunca permitido: que un niño, un niño o una niña, en sus brazos, abrazado a su cuello, señale la servilleta cayendo y diga mira mamá, una gaviota, una gaviota. Fantasea lo nunca permitido: que el hombre de chocolate venga con una taza en la mano, le haga un pequeño masaje en la nuca y mire con ella el río mientras bebe su primer café.

Cuando una está ahí, en una *suite* blanca de esas, debería acordarse de no fantasear por fin con lo que nunca fue ni mirar treinta pisos abajo, al origen del mundo, a esos tres desgraciados que limpian una piscina que jamás va a estar limpia en lugar de subir en el ascensor panorámico a amarla desesperadamente, por última vez, comiéndose su piel de mujer todavía viva a trozos. Se entregaría a gusto al canibalismo de esos tres hombres que ahora, seguro, ya la miran con una codicia asexuada, con la única lascivia de lo que hay en su cartera. Les daría todo por un abrazo. Debería estar prohibido mirar cosas que hagan sentir eso. Eso. Lo inútil de ciertos gestos y de ciertas vidas. Tres hombres limpiando una piscina para otros donde cada día, a cada hora, habrá manchas, mierda, basurilla, iguanas abiertas como crucificadas. Una mujer extranjera que deja una taza de porcelana sobre un platillo, su bata que planea como un murciélago blanco, el río de fondo, un tren que sobrevivirá a todos. Y abajo tres hombres que se encargarán, como cada día, de dejar la piscina otra vez impoluta.

Otra

Como es día quince, la cola se extiende hasta llegar casi a las legumbres. Recorres un poco buscando alguna fila más desahogada, pero muchas personas hacen lo mismo y no hay nada qué hacer: te toca esperar.

Hay tanta gente en el supermercado que se han acabado las revistas para hojear y solo te queda mirar el techo, mirarte las uñas, mirar lo que compran las otras, decirte: «para ser un país que está en la ruina, bien que hay gente que se puede comprar tres variedades de cereales americanos». Y al fin, muerta del aburrimiento y de ganas de matar a la loca que lleva toneladas de papel higiénico, mirar tu propio carrito, por si te olvidaste de coger alguna cosa. Es un ejercicio ridículo porque si te falta algo, qué pena: te vas y pierdes el puesto. Nunca has sido capaz de hacer eso que hacen otros, lo de detener la fila porque te has olvidado algo: leche o suavizante.

Lo primero que ves son las sardinas. Latitas rojas estampadas con unos pescados gris azul que parecen muy alegres, pero que seguro ya no lo están. «¿Llevo suficientes?», te preguntas. A él le gusta comer sardinas con yuca y cebolla al menos una vez a la semana. «¿Qué les ve a las sardinas?», te dices al mismo tiempo que claudicas, miras para todos lados y abres despacito una funda de papas fritas. Esa subversión, comer cosas en el supermercado antes de pagarlas, es de las únicas que te permites.

Es la única que te permites.

«¿Qué les ve a las malditas sardinas?», piensas, «son plateadas como papel aluminio y tienen espinitas pequeñas que te raspan el paladar. Saben a barro salado».

Los niños no las soportan tampoco, pero a él le encantan, las exige y siempre llevas las cuatro latas del mes, aunque él sea el único que las vaya a comer, aunque ese día tengas que cocinar otra cosa distinta para los otros miembros de la familia.

Al lado de las sardinas asoman las alcachofas como granadas de mano. «¿Por qué le gustan estas infamias? Son carísimas, complicadas de comer y con sabor a poco». A él hay que hacérselas al vapor y servírselas acompañadas de una salsa de queso, tabasco y mostaza y una vez que termina de mordisquear las puntitas de las hojas –«como un mariposón», piensas–, hay que retirarle el plato, eliminar la parte peluda –«coño de gringa, guácala»– y llevarle otra vez a la mesa el corazón picadito y bañado en salsa.

Él se come los corazones con la mano.

Te quedas mirando las cervezas. Es capaz de pegar a los niños si al llegar del trabajo no encuentra una lata junto al jarro congelado. Todo como a él le gusta. Por más que lo intentas, no logras que los niños pierdan la obsesión que tienen con ese puto jarro: les fascina el agua por dentro y los pescaditos de colores flotando en él. Un día encontró a Junior agitándolo para que se movieran los pescaditos mientras bebía. Le viró la cara de un golpe y el jugo de naranjilla voló por toda la casa. Que eso no era un juguete. Que era *su* jarro de la cerveza y que la próxima vez que lo viera con él le iba a quemar los dedos con fósforos.

–Así –cogió un papel y lo acercó a la llama de un encendedor–, así te voy a quemar esa mano si vuelves a coger mi jarro.

El jarro hay que lavarlo y volverlo a poner en el congelador hasta que él abre la puerta a las cinco y cuarenta y cinco. Entonces y no antes. Entonces y no después. Hay que sacarlo, abrir la cerveza y servir inclinando vaso y lata, de manera que no se le forme demasiada espuma. Ni tan poquita. Es capaz de decirte cretina, subnormal, maldita por no hacerlo correctamente.

–Cretina, me jodiste la cerveza. Ya sé que lo haces adrede porque lo único que te gusta en la vida es joderme.

También están *sus* yogures. Son unos yogures de vainilla con mermelada de frutilla en el fondo. Él los coge y los mete en el congelador de *su* refrigeradora. Todas las noches se come uno mientras ve televisión echado en *su* mueble reclinable. Los cuenta, los yogures, los cuenta, así que cuando los niños, que son golosos, se comen alguno, tienes que decirle que fuiste tú y aguantar la retahíla hasta que se cansa, sin levantar la mirada porque ay si levantas la mirada.

–¿Me estás desafiando, ah? ¿Me estás desafiando, so mierda?

A veces te hace ir a la tienda, sea la hora que sea. Aunque esté lloviendo. Es tu castigo: has cogido lo que no es tuyo. Peor: has cogido lo que es suyo.

Sigues mirando el carrito. No llevas la caja de cereales que te han pedido los niños y te da pena. Si la llevabas, no te iba a alcanzar la plata para la carne, a él le gusta el lomo fino, sin un pellejo, sin una gordura. El lomo fino es caro y él no suelta un centavo más en todo el mes. Cogiste tres funditas de cereales nacionales, una para cada uno, y una marca de toallas sanitarias de las peores, de las rasposas, de esas que a la primera se desbaratan y los calzones te quedan llenos de bolitas de algodón.

Pero sí has cogido la panza y el maní para hacerle la guata, el Coffee-Mate que se lleva a la oficina, los Kleenex de su carro, su revista *Estadio*, las habas fritas para ver el partido, la badea para hacerle su fresco. Badea: textura mocos que no entiendes cómo puede gustar a nadie.

Has vuelto a comprar el champú que está de oferta, uno que es como ducharse con lavavajillas. El que le hace bien al pelo es el otro, el que nunca compras.

Mientras estás en la pensadera la fila avanza: la señora que tienes delante saca sus últimas cosas del carro. Esa señora lleva el champú para pelo tinturado que tú todos los meses te juras que vas a comprarte. No lleva sardinas. No lleva alcachofas.

Ella te mira, te sonríe, y pone en la cinta la barrita, esa pequeña frontera metálica que separará sus compras de las tuyas. Su champú del tuyo. Sus elecciones de las tuyas.

Alguien viene y devuelve un carro vacío. Lo pones junto al que tienes lleno. Empiezas a pasar a ese otro carro las sardinas, las cervezas, la guata, las habas, las putas alcachofas, los yogures de mierda, el maldito Coffee-Mate, la mocosa badea y la revista *Estadio* con todos sus *hijueputas* jugadores de Barcelona y Emelec, cada uno más malo que el otro.

–¿Eso no lo lleva? –te pregunta la cajera señalando el segundo carro.

La miras.

–Señora, ¿y eso no lo lleva? –insiste la cajera apuntando con el mentón el carro donde brillan las latas de sardinas.

Niegas con la cabeza.

La chica llama a un muchacho para que devuelva todo a las estanterías. Lo miras con el rabillo del ojo. Él te mira a ti. Le indicas con el mentón que vaya. Y, sonriendo, dices una frase para ti misma que nadie más alcanza a escuchar.

Esta décima edición de
Pelea de gallos,
de María Fernanda Ampuero,
se terminó de imprimir
en el mes de noviembre
del año 2023